Paul Heyse

Hans Lange

Schauspiel in vier Akten

Paul Heyse

Hans Lange
Schauspiel in vier Akten

ISBN/EAN: 9783743643765

Hergestellt in Europa, USA, Kanada, Australien, Japan

Cover: Foto ©Andreas Hilbeck / pixelio.de

Weitere Bücher finden Sie auf **www.hansebooks.com**

WHITTAKER'S SERIES

OF

MODERN GERMAN AUTHORS.

WITH INTRODUCTION AND NOTES.

EDITED BY

F. LANGE, Ph.D.,

Professor, Royal Military Academy Woolwich;

IN CO-OPERATION WITH

F. STORR, B.A.,

Chief Master of Modern Subjects in Merchant Taylors' School;

A. A. MACDONELL, M.A., Ph.D.,

Taylorian Teacher, University of Oxford.

Hans Lange.

Schauspiel in vier Akten

von

Paul Heyse.

EDITED

WITH LITERARY INTRODUCTION AND NOTES,

By

A. A. MACDONELL, M.A. (OXON.), PH.D.

Taylorian Teacher, Oxford University.

London:

WHITTAKER & CO., PATERNOSTER SQUARE.

DAVID NUTT, 270 STRAND.

1886.

CONTENTS.

LITERARY INTRODUCTION.

Paul Johann Ludwig Heyse, one of the most distinguished writers in the most recent period of German literature (dating from the death of Goethe), was born at
Berlin on March 15, 1830. Having received his earliest
instruction from his father, K. W. L. Heyse, a philologist
and lexicographer of note, he entered, in his sixth year,
the gymnasium, or public school, of his native city. At
the early age of sixteen he matriculated as a student of
the university of Berlin, where he first attended the classical
lectures of Böckh and Lachmann. His tastes, however,
were soon directed to the study of literature, the first-
fruits of which were the anonymous publication in 1847 of
a work entitled „Jungbrunnen, neun Märchen von einem
fahrenden Schüler". In 1849 he migrated to Bonn, where
he diligently studied the Romance languages under the
well-known philologist Diez. In the following year he
returned to Berlin, and in 1852, after a short stay in
Baden-Baden and Switzerland, he betook himself to Italy,
spending most of his time there in reading manuscripts
in the libraries. In 1854 Heyse was summoned by king

Maximilian II., an enthusiastic patron of literature and art, to Munich, where he has lived ever since, wholly given up to his literary pursuits.

Though Heyse's reputation is based chiefly on his novels, he is also distinguished as an epic, a lyric and a dramatic poet. The narrative talent, in which his main strength lies, showed itself first in the form of poetical tales, which he published under the title of „Novellen in Verſen".

Among those published before Heyse's Italian journey, „Die Brüder" is full of promise. It is the tragic story of a youth who falls a sacrifice to filial obedience and devotion to duty. Throughout this short tale, the hand of the future master is distinctly to be traced in the skill with which the very young poet creates a varied and life-like picture out of but scanty materials.

A sojourn of little more than a month on the southern shores of the bay of Naples produced „Zwölf Jdyllen aus Sorrent", a series of bright scenes of Italian life, composed by the poet for his affianced bride in Germany.

With a view to his future, Heyse had found it necessary to devote a considerable part of his time to philological studies which were not very congenial to his mind. His good fortune in being summoned to Munich by the king of Bavaria he owed to the friendship of the poet Geibel. On the beneficial turn thus given to his life, Heyse expresses himself as follows. "I was freed from that pressure so disquieting to every man who finds himself obliged to treat his chief aim in life as a mere secondary matter and half under the compulsion of circumstances. For that intellectual fruit which is to grow to complete ripeness requires the full sunshine of exclusive devotion."

The stimulus thus given to his natural bent produced a remarkable literary activity. From that time forward Heyse wrote, besides many other works, an almost uninterrupted series of prose tales to the number of more than fifty. The facility and success with which he began to throw off his stories caused his friends to designate him the young Goethe and to look for great things from him in the future. Among the prose tales of this early period, which were the result of Heyse's Italian experiences, is one of the most charming of idylls, 'La Rabbiata', a narrative of the capricious humours of a lovely Italian maiden, amid the beautiful scenes of Capri and Sorrento. In this tale and in „Marion", „Am Tiberufer", and „Das Mädchen von Treppi" Heyse shows great mastery in drawing scenery as well as character with a few bold touches.

Though all Heyse's tales have a strong family likeness, they have distinctive features which lend to each an interest of its own. The plot is always based on some more or less attractive problem, the confliction of opposing duties, or the explanation of some apparently irreconcilable contradiction. By skilful manipulation of details the interest is kept up to the end, even when the conclusion may be guessed. The onward course of the story is always rapid and decided, unimpeded by the dwelling on unnecessary details, and the diction is invariably refined.

One of the most perfect of Heyse's tales is „Der verlorene Sohn". It is an excellent example of how this gifted writer works. The apparent unnaturalness, nay inhumanity, implied in the idea of a mother giving the hand of her daughter to the murderer of a son whom she had loved, not only loses in the dénouement all its incredibility but is actually transformed into inevitable necessity.

Especially deserving of note is „Thekla", a poem in 9 cantos, composed in finished hexameters. Though coldly received at the time of its publication (1858), it is without doubt a work of very great merit. It is the story of a young Greek maiden who is converted by a disciple of the apostle Paul. To appease the wrath of the priests of Cybele, she is condemned to die at the stake, but is miraculously saved from the flames by a thunderstorm. The art of the poet has created in this poem a picture of human life which, for variety of incident, vividness of scenery, depth of thought, and finish of form, is superior to any other of Heyse's poetical productions and has few equals in German literature.

Heyse's lyric poetry is in the style of Goethe. He treats of light and grave subjects in simple but graphic words and portrays the feelings and moods of the mind as they are, without indulging in any reflexions about them.

Heyse is also an excellent translator of lyric poetry. In 1852 he edited with Geibel „Spanisches Liederbuch" and alone in 1860 „Italienisches Liederbuch", metrical renderings of Spanish and Italian songs respectively.

The long series of Heyse's stories was interrupted in 1873 by a work altogether different in character, entitled „Die Kinder der Welt". It is a novel describing the social and religious life of the Germany of the present day, written in the spirit of David Strauss and meant to illustrate the triumph of the 'new faith'. Nearly all the characters are pessimists full of the ideas of Schopenhauer as well as of Strauss. Many of them are powerfully drawn and, apart from the main purpose of the novel, the whole work affords a varied and instructive picture of modern society, true to the life.   Though the interest of the book carries the reader along to the end, the impression left on the mind by the philosophical ideas and the worldliness which pervade it, is not altogether satisfactory.

In the same spirit is written „Im Paradiese", so called after the meeting-place of certain Munich artists.   It consists of a number of more or less loosely connected tales, the most attractive of which is the story of the love of the excellent Schnetz.

It has been remarked that the epic talent is rarely to be found connected with the dramatic gift.   This observation to a considerable extent holds good in the case of Paul Heyse.   The subjects which he has chosen are often more suitable for an epic than a play, and even when they do lend themselves to dramatic treatment, the poet is too prone to fall into the narrative style.   Though his earliest play „Francesca von Rimini", a tragedy in 5 acts (1850), is, perhaps, least defective in this, the characters and their passions being skilfully drawn, it is in other respects hardly adapted to the requirements of the stage.

„Meleager", a tragedy (1854), is too narrative in character and might easily be recast in the form of an actual epic.

„Elisabeth Charlotte", a drama in 5 acts (1859), though more dramatic in subject and treatment, has never become popular.   Yet the figure of the noble-minded heroine at least, who preserves her serenity amid her many trials and emerges victorious from all the intrigues which surround her, is very life-like.

„Die Sabinerinnen", a tragedy in 5 acts (1859), gained the prize offered by the king of Bavaria in 1858 for the best tragedy. The diction is pure, the dialogue often powerful, and the verse always melodious; but the play never attained success on the stage.

„Ludwig der Bayer", a drama in 5 acts (1862), which abounds in fine passages and contains some powerfully drawn characters, is well adapted for stage effect. It is considered by an eminent critic to be one of the best plays in the German language.

„Maria Moroni", a tragedy (1863), is deficient in dramatic interest, the motives of the characters being insufficient to account for their actions.

One of the best plays is „Hadrian" (1864), but this too is wanting in action and produces a depressing effect owing to the spirit of morbid melancholy which pervades the whole.

„Colberg", a historical drama in 5 acts (1865), leaves much to be desired both in plot and execution, but is likely to enjoy popularity on the stage in North Germany owing to the patriotic sentiments it contains.

On the other hand „Hans Lange", a play in 5 acts (1866; since reduced to 4 acts by the author) will probably retain a more lasting hold on the minds of Germans in all parts of the Fatherland. The play turns on the reclaiming of a spoilt young prince from his evil ways under the strict discipline of a sturdy Pomeranian yeoman, in whom shrewdness is combined with integrity in a rare degree. Most of the characters are happily conceived and, in Hans Lange himself, Heyse has very successfully portrayed a German peasant of the good old stock, full of sound sense and mother-wit, who has learned, in the school of life, to exercise complete control over all the passions and impulses of his nature.

The Scene is laid in Pomerania towards the end of the 15th century. The Duke has been absent from home for a considerable time, engaged in a feud with Brandenburg. The duchess, who has been on bad terms with her husband, and lives separated from him at the ducal palace, receives a letter from the duke requesting her to send their son, Bugslaff, now twenty years of age, to join him in the wars. Ewald von Massow, her Chamberlain, who aims at assuming the reins of government and finds the young prince in the way of his ambitious schemes, induces the duchess to agree to his being sent, not to his father, but to live with a peasant named Hans Lange, who has a farm not far from the capital. The prince after an interview with Lange, is so favourably impressed, that he consents to go with him. Some months have elapsed, when the news arrives that the duke is at the point of death. Massow now considering it necessary for the success of his plans to remove the prince to a greater distance, presents himself to him in person, summoning him, in the name of the duchess, to prepare at once for a lengthened visit to the Polish court. Bugslaff, however, under the influence of Lange, refuses to entertain the project. Massow, therefore, determines on sending a troop of horse, to carry him off by force if necessary. Bugslaff, disguised in the clothes of a Jew named Henoch, is not recognised, and the troopers after searching the house, start off in pursuit, put on the wrong scent by Lange's head man Henning. Lange himself is carried off, finally conveyed to the capital, where he is thrown into prison and hourly expects the summons of the executioner. Meanwhile, on the news of the duke's death, most of the nobles of the country rally round the standard of Bugslaff, who marches up to the city gates and challenges Massow to fight. A battle ensues, in which the chamberlain is worsted, the gates are thrown open, and the young duke enters amid the acclamations of the populace. Mother and son meet; Bugslaff is obdurate and intimates that the duchess must retire with Massow into exile; but when the latter, who is led in in chains, confesses with his own lips how his addresses had been rejected, a reconciliation takes place in the presence of Lange and his old mother Gertrude. Then, on a sign from Bugslaff, Massow is set free. The young duke turning to Hans expresses his gratitude for the invaluable training he has received in the school of that excellent teacher. The scene closes on this strange group, drawn together so closely in the vicissitudes of life.

Hans Lange.

Schauspiel in vier Akten.

HANS LANGE.

DRAMA IN FOUR ACTS.

Personen.

Sophia, Herzogin von Pommern.

Bugslaff, ihr Sohn.

Ewald von Massow, ihr Hofmarschall.

Jürgen von Krokow,
Hans von Puttkammer, } pommersche Edelleute.
Jost von Dewitz,

Klaus Barnim, Bürgermeister von Rügenwalde.

Achim, Diener Massows.

Hans Lange, Bauer im Dorf Lanzke.

Gertrud, seine Mutter.

Dörte, seine Tochter.

Henning, sein Großknecht.

Henoch, ein jüdischer Viehhändler.

Niels Erichson, ein schwedischer Waffenschmied.

Veit Klinker, Turmvogt.

Pommersche Edelleute, Ratsherren und Bürger von
    Rügenwalde.

Diener und Bauern.

Das Stück spielt in Rügenwalde und auf dem Dorf Lanzke in
    Hinterpommern, im Jahre 1476.

Erster Akt.
(Zimmer im herzoglichen Schloß zu Rügenwalde.)

Erste Szene.
Herzogin Sophia (tritt auf, einen Brief in der Hand). Ein Diener
(folgt ihr).

Herzogin. Geh zu Herrn Ewald von Massow. Ich lasse ihn bitten, sogleich zu mir zu kommen. — (Der Diener ab. — Die Herzogin ist in die Mitte des Zimmers vorgetreten und steht still.) Fünf Jahre von ihm getrennt! Wie kommt's, daß eine kalte Zeile seiner Hand mich jetzt stärker erschüttert, als zu der Zeit, da wir noch Liebesbriefe wechselten? Ist es nur, wie man zusammenfährt, wenn man unversehens die eisige Hand eines Toten berührt? (in den Brief sehend, schmerzlich) Glimmt wirklich in dieser Asche kein Funke mehr?

Zweite Szene.
Herzogin. Massow (tritt ein).

Massow. Frau Herzogin —

Herzogin. Ich habe Euch zu mir entbieten lassen, Massow; ich bedarf Eures Rates. Mein Gemahl hat einen Brief an mich gesandt. Mitten im Drang und Lärmen seines Krieges mit Brandenburg hat er sich abgemüßigt, meiner zu gedenken, da sich ein Anlaß bot, mir von neuem weh zu thun. Er fordert den Sohn von mir, der jetzt mündig geworden sei und stark genug, an des Vaters Seite die Waffen führen zu lernen.

Massow. Und — dies ist alles?

Herzogin. Alles? Kann man einer Mutter Härteres ansinnen, als ihren Sohn hinzugeben?

2

Massow. Und doch — Ihr heischtet meinen Rat. In dieser Sache, denk' ich, berät eine Mutter sich selbst.

Herzogin. Wohl, Massow. Aber wenn der Brief nun nicht die Mutter allein anginge? Wenn auch der Stolz der
5 Fürstin — (leiser) das Herz der Frau eine Stimme im Rat verlangte? — Massow, fünf Jahre sind eine lange Zeit. Mich haben sie um zwanzig älter gemacht. Wenn sie auch ihm lang dünkten? auch ihm schwerer zu tragen gewesen wären, als er sich's merken lassen, und er riefe jetzt den Sohn
10 zu sich, des Glaubens, durch den Sohn — die Mutter wieder heranzuziehen? — — Es ist nur so ein Gedanke, Massow. Aber möglich wäre es immerhin, möglich wär' es, nicht wahr?

Massow. Ist es erlaubt, den Brief — —
15 Herzogin (reicht ihm den Brief). Lest! Es ist lange her, daß ich Briefe von ihm empfing, die ich keinem Dritten zu lesen gönnte. — Nun, Massow?

Massow. Seltsam, in der That. Nicht einmal Droh=ungen, nicht einmal Schmähungen gegen Euren getreuesten
20 Diener.

Herzogin (lebhaft). Nicht wahr? Eine geheime Absicht blickt zwischen den kalten Zeilen hervor.

Massow. Eine geheime Absicht, gewiß.

Herzogin. Und was lest Ihr zwischen diesen Zeilen?
25 Massow. Daß Herzog Erich Geld braucht zu seiner langen Fehde und zur rechten Zeit des Schatzes gedenkt, den seine Gemahlin als die Tochter ihres königlichen Vaters aus Dänemark mit nach Pommern gebracht und sicher nach Rügen=walde gerettet hat, als sie der schimpflichen Behandlung
30 ihres Gemahls entfloh.

Herzogin. Ihr thut ihm zu viel, Ewald. Unedel ist er nicht. Sein Jähzorn, der seine großen und guten Eigenschaften

verdunkelte, kann durch Jahre und Prüfungen gebändigt worden
sein. Auch ich habe gefehlt. Ich war herrisch und trotzte seinem
Willen. Ich zürnte ihm, daß er in ewigen Fehden ferne
blieb, und ließ es ihn entgelten, wenn er heimkam. Dem
5 Knaben war ich gram, daß er mehr am Vater hing, als an
mir. Blick' ich jetzt zurück, muß ich mir sagen: Wärst Du
liebenswürdiger gewesen, Du wärest mehr geliebt worden.

Massow. Ihr fühltet Euch damals mehr, als jetzt, —
verzeiht, daß ich offen spreche: Ihr fühltet königlicher, als jetzt.
10 Ihr hättet damals den Gedanken, den Sohn hinzugeben, um
den Vater wieder zu gewinnen, nicht zu fassen vermocht. So
fand ich Euch in der schmachvollen Haft auf Schloß Gollnow,
so habe ich Euch und Eurem Dienste mein Leben gewidmet,
und es war mir Lohn genug, einer Königstochter zu dienen.
15 Schickt Euren Sohn jetzt zum Vater, daß er ihm sage: Die
Mutter ist sanfter geworden und will gerne wieder zu Dir
zurück, und des zum Zeichen hat sie Ewald von Massow, der
sie befreit und vor Dir geschützt hat, — in Gnaden entlassen,
weil Du ihn hassest.

20 Herzogin. Ihr seid bitter. Wer denkt daran?

Massow. Wer mit Euren Augen zwischen den Zeilen
dieses Briefes liest (gibt ihr den Brief zurück).

Herzogin. Hab' ich Euch wehgethan? Vergebt mir,
Ewald. Ich bin voll Kummer. Ihr habt recht: das Mittel
25 wäre auch übel gewählt. Wenn es noch Versöhnung gäbe,
mein Sohn würde sie nicht stiften. Es ist mein höchster Schmerz,
daß ich fühle, wie er sich täglich mehr von mir abwendet.

Massow. Er ist seines Vaters Ebenbild.

Herzogin. Und dennoch, Massow, ich kann es länger
30 so nicht ertragen. Wir haben es mit Strenge versucht. Es
ist nur ärger geworden. Wenn wir ihn gelinder behandelten,
ihn mehr gewähren ließen —

2*

Massow (gelassen). Ihn etwa zu seinem Vater schickten, wo das lose Kriegs= und Lagerleben, das Hofieren der Schranzen, Becher und Würfel und gefällige Weiber —

Herzogin. Ihr seid grausam, mein Freund!

5　**Massow.** So lange Ihr mich mit diesem Namen ehrt, erlaubt mir, daß ich das Maß der Strenge nach den üppigen Trieben dieses Knaben abmesse. Ich habe einen Plan mit ihm, den ich eben heut Eurer Genehmigung vorlegen wollte. Auch mir ist es nicht entgangen, daß Bugslaff in den letzten

10　Monden Rückschritte gemacht hat, an Seele und Leib. Er magert ab, seine Nächte sind unruhig, sein Betragen gereizt und träumerisch=verschlossen zugleich.

Herzogin (mit einem Seufzer). Ihm ist nicht wohl bei der Mutter!

15　**Massow.** Und so wird eine kurze Trennung —

Herzogin. Ihr wollt ihn entfernen?

Massow. Nur aufs Land, in nächste Nähe, in gesunde Luft, wo es ihm an Bewegung und Übung seiner Kräfte nicht fehlen soll. Hier — Ihr wißt es selbst — artet jede Freiheit,

20　die man ihm gewährt, in Zügellosigkeit aus. Ihr kennt Euer Dorf Lanzke, drei Stunden von hier.

Herzogin (nickt).

Massow. Man hat mir von einem Bauern gesagt, Hans Lange geheißen, der dort einer großen Wirtschaft vorsteht; er

25　ist Euer eigener Mann, bei ihm wird der Junker wie in seinem, in seiner Mutter Hause sein. Ich habe ihn in die Stadt be= stellt und erwarte ihn stündlich.

Herzogin (resigniert). Ich habe keine Stütze, als Euch. Wehe mir, wenn ich aufhöre, Euch zu vertrauen!

30　**Massow.** Man kommt; das ist Jürgen von Krokows Schritt.

Herzogin. Wie mir der ungeschlachte Mensch mit seinen plumpen Spähen in der Seele zuwider ist!

Massow. Und doch habt Ihr alle Ursache, es ihn nicht empfinden zu lassen. Wenn er mit seinem großen Anhang unter
5 dem Adel sich von Euch ab Eurem Gemahle zuwendete, der Herzog würde es nicht mehr der Mühe wert halten, Briefe an Euch zu senden, wie diesen da. Er überfiele ungescheut diese getreue Stadt und nähme, was Ihr gutwillig nicht hergebt, Euren Sohn, Euren Schatz — Eure Freiheit. Ein Glück,
10 daß er den Adel Hinterpommerns gegen sich aufgebracht hat, daß diese Krokow, Putkammer, Zitzewitz —

Dritte Szene.
Vorige. Jürgen von Krokow (durch die Mittelthür).

Krokow. Tausend Schock Höllenhunde, Massow, — ah,
15 die Frau Herzogin!

Herzogin (sich setzend). Guten Tag, Herr von Krokow. Wie vertreibt Ihr Euch die Zeit in unserm kleinen Rügenwalde?

Krokow. I nu, fürstliche Gnaden, ich danke, so so la la! Ihr wißt wohl:
20   Salomo war ein weiser Mann,
   Er fing den Tag mit Bacchus an,
   Mit Frau Venus hört' er auf,
   Das war 'n gottseliger Lebenslauf —
na übrigens, von Frau Venus ist hier nicht viel zu spüren;
25 die Mannsleute sehn einem höllisch auf die Finger, wenn man ihren Weibern — ich sage ja nichts, Massow. Und überhaupt bin ich auch nicht mehr in den Jahren. Aber was den Bacchus anbelangt — (leiser) Ewald, der Dewitz sitzt unten fest bei einem Morgenhumpen und schickt mich
30 'rauf —

Herzogin. Habt Ihr Euch unsern Markt angesehen, Herr von Krokow?

Krokow. Ich komme justement davon her. Da ist der Teufel los, Luftspringer, Hanswürste, Tanzbären und türkische Musik, daß einem das Trommelfell platzen möchte. Ist nicht meine Sache, Frau Herzogin. Ich hetze lieber den Bären, als
5 daß ich ihn wie einen anderen zahmen Christenmenschen tanzen sehe. Aber was ich sagen wollte, Eurem Junker bin ich da zwischen den Buben begegnet.

Massow. Bugslaff? Unmöglich!

Herzogin. Ich habe es ihm erlaubt, Massow! Er
10 dauerte mich, wie er finster und stumm über seinem Buche saß und hinaushorchte in den Marktlärmen unter seinem Fenster.

Krokow. Na höre, Massow, warum auch nicht? Wir sind auch einmal jung gewesen und haben einen starken Mann oder ein Meerwunder lieber gesehen, als die verdammten Krähen=
15 füße auf einer alten Eselshaut. Uebrigens will mir scheinen, als hieltest Du das Herrken zu kurz am Zaum. Er hat so 'n muffiges, trotziges Wesen, wie eine Pogge im Mondschein.

Massow. Ich denke, ich habe seine Aufführung zu ver= antworten.

20 Krokow. Versteht sich, Vetter. Aber kein Mensch kann lehren, was er selber nicht versteht.

Massow. Das wäre?

Krokow. Das Saufen, Massow. Das muß so ein junger Herr beizeiten lernen, oder es wird sein Lebtag kein
25 rechter Kerl aus ihm, der bei politischen Staatshandlungen seinen richtigen Kurs hält, wenn die andern unter den Tisch segeln. Hab' ich nicht recht, fürstliche Gnaden.

Herzogin (gezwungen lächelnd). Ich sollt' ihn wohl Euch in die Schule geben?

30 Krokow. Sankt Jürgen und Drachenblut! am schlechtesten wär' er da nicht aufgehoben. Und der Weinbecher ist immer noch besser, als der Würfelbecher.

Herzogin. Der ihm, so Gott will, eben so fremd bleiben soll.

Krokow. Da seid Ihr auf dem Holzweg, nehmt mir das nicht übel. Denn wie fand ich meinen gnädigen Junker? 5 Auf der Bank vor einem Bierhause in Gesellschaft zweier durchtriebener Schelme von Bürgerssöhnen, die ihm mit Würfeln die harten Thaler aus der Tasche lockten.

Herzogin. Wie?

Krokow. Und war so vertieft, daß er mich weder sah 10 noch hörte. Ha, ha, ha, der macht Dir alle Ehre, Massow!

Massow (heftig). Laß die dummen Fabeleien, Jürgen. Der Junker hat kein Taschengeld zum Verspielen.

Herzogin. Verzeiht, daß ich Euch nicht davon gesagt. Ich habe ihm einiges Geld gegeben, sich einen Markt zu 15 kaufen. Hätte ich denken können —

Massow (scharf). Ich sehe mich hiermit als entlassen an und lege von heute ab mein Amt und seine Verantwortung in Eure Hände zurück (verbeugt sich und will gehen).

Herzogin. Ewald, Ihr wolltet —

20 Krokow. Na höre, Vetter, allzu scharf macht schartig. Laßt ihn laufen, Frau Herzogin! Nehmt mich dafür zum Hofmeister an. Ich will Eurem Junker Manieren beibringen, daß jeder auf hundert Meilen sagen soll: Ein richtiger Pommer!

Herzogin (aufstehend, leise zu Massow). Ihr werdet es mir 25 nicht anthun, vor diesem Zeugen eine Szene zu machen.

Massow (verneigt sich kalt).

Krokow. Na wie ist es, Massow? Der Dewitz wartet. Frau Herzogin — (Achim tritt ein, sagt Massow leise ein Wort).

Massow (gibt Achim einen Wink, tritt dann zur Herzogin; leise) 30 Der Bauer aus Lanzke ist da. Wenn es Euer Wille noch ist —

Herzogin. Ich überlasse es Euch, Ewald. Prüft ihn,

ob man ihm vertrauen darf, daß er den Knaben in rechter
Zucht behüten werde. Hernach wünsche ich ihn selbst zu
sprechen. Ich sehe es wohl, es muß sein, obwohl es mich
vollends arm und einsam macht. — Herr von Krokow —
5 (Sie reicht Krokow die Hand, an der er sie mit zutraulicher Galanterie links
hinausführt.)

Vierte Szene.

Massow (allein). Er muß fort, es ist hohe Zeit. Die
Schwäche dieser Frau und die täppische Anhänglichkeit des
10 Adels winden mir sonst das Heft aus der Hand und zerrütten
all meine Pläne. Daß ich es nicht früher bedachte! Dann
könnte ich jetzt frei atmen und begegnete nicht auf Schritt und
Tritt dem lauernden Hassesblick dieses Knaben und wäre
Herr im Lande, und diese Frau — horch, der Bauer kommt.
15 Wenn er der rechte Mann ist, so ist noch nichts verloren.

Fünfte Szene.

Massow. Hans Lange (tritt ein, Achim, der ihm die Thür geöffnet, zieht
sich sogleich wieder zurück. Der Bauer bleibt, nach einer Verbeugung, doch
ohne Unterwürfigkeit, an der Schwelle stehen).
20 Massow (ihn musternd). Du bist Hans Lange von Lanzke.

Lange. Der bin ich, Herr Hofmarschall.

Massow (sich niedersetzend). Komm näher, guter Freund!
Setz Dich.

Lange (in den Vordergrund kommend). Ich danke, Herr. Ich
25 kenne meine Schuldigkeit.

Massow. Du wohnst in einer fruchtbaren Gegend, fetter
Boden, gutes Weideland, Vieh und Menschen gesund.

Lange. Klagen wäre Sünde. Wie's der Himmel schickt,
wird's ja wohl am besten sein.
30 Massow. Das ist fromm und klug zugleich, Bauer.
Die Leute sagen Gutes von Dir; Du seiest einen ganzen
Scheffel klüger, als andere.

Lange. Ist noch kein Ruhm, Herr. Es sind eben viel Schafsköpfe in einer großen Herde.

Massow. Prahlen scheint Deine Schoßsünde nicht zu sein. Hast Du Kinder?

5 Lange. Eine Tochter, Herr. Die andere und zwei Jungens sind an den Pocken gestorben.

Massow. Und die Frau?

Lange. Hab' ich vor drei Jahren begraben. Gott habe sie selig! Sie war eine rechte Bäurin, wie's wenige mehr gibt. 10 Seitdem führt meine Dörte die Wirtschaft, denn meine Mutter ist all siebzig.

Massow. Und Du selbst?

Lange. Ich habe meine Fünfzig auf dem Hals. Na, sie drücken noch nicht schwer.

15 Massow. Du sollst ein festes Regiment führen über Deine Leute.

Lange. Es hat sich noch keiner drüber zu beklagen gehabt, soviel ich weiß.

Massow. Behüte, Hans! 's ist in der Ordnung. Kinder 20 und Knechte müssen spüren, daß sie einen Herrn über sich haben. Ist's nicht so?

Lange. So ist es, Herr. Aber meine Mutter pflegt zu sagen, man muß so strafen, daß der Apfel bei der Rute liegt, und was übern Schraubstock geht, hält die menschliche 25 Natur man schlecht aus.

Massow (aufstehend, geht zu ihm, klopft ihn auf die Schulter). Du bist mein Mann, Hans Lange.

Lange. Zu viel Ehre, Herr Hofmarschall. (für sich.) Was zum Henker hat das all zu bedeuten?

30 Massow. Höre! Ich habe ein Amt für Dich.

Lange. Da sei Gott vor! Ich bin ein leidlicher Bauer, Herr, und gäbe einen schlechten Amtmann ab.

Maſſow. Nicht ſo, Hans! Ein Ehrenamt, das Dir keine Mühe machen und großen Dank einbringen wird.

Lange. Wenn's etwa gar bei Hofe ſein ſollte, da würde Euch ſelbſt am ſchlechteſten mit gedient ſein. Nee, Herr, mit 5 Verlaub, aber in Lanzke leben und ſterben, Schoß und Zehnten richtig bezahlen und — (für ſich) Heiliger Hans Haberkukuk, mir bricht der Angſtſchweiß aus bei ſeinem Ankucken und Auf-den-Zahn-fühlen. Ich wollt', ich wäre hundert Meilen weit.

Maſſow (für ſich). Er iſt bei all ſeinem Bauernverſtand 10 einfältig und hat keinen Tropfen Ehrgeiz im Blut. (laut) Ohne Umſchweife, Bauer: Was ſagteſt Du, wenn die Frau Herzogin ihren Junker zu Dir aufs Land gäbe und Dir auftrüge, ein wachſames Auge über ihm zu halten?

Lange. Iſt das Spaß oder Ernſt, Herr?

15 Maſſow. Voller Ernſt. Der Knabe iſt ſchnell aufge-ſchoſſen, bleich und ungeſund und thut auch ſonſt nicht gut in der Stadt. Die Bücher widern ihm, im Müßiggange hier ſinnt er auf wilde Bubenſtreiche und macht ſeiner Frau Mutter ein Herzleid übers andere. Bei Dir hätt' er Luft und Freiheit 20 ſich zu regen, ohne andere zu ſchädigen. Er liebt grobe Arbeit, grobe Geſellſchaft, altpommerſchen Brauch. Da kann er mit den Knechten pflügen und ſäen, die Pferde in die Schwemme reiten, mit den Dirnen ſeine Kurzweil treiben.

Lange. Herr, das iſt nicht der Brauch auf Lanzke.

25 Maſſow. So wirſt Du's ihm wehren. Du haſt Voll-macht, ihn zu halten ganz nach Gutdünken.

Lange. Den Landesherrn?

Maſſow (beißt die Lippen). Iſt er's? Gott weiß, ob er's wird. Einſtweilen aber ſoll er eine gute derbe Zucht erfahren, 30 und ſeine Mutter hat das Zutrauen zu Dir, [daß Du die Sache klug und mit feſter Hand angreifen werdeſt, wie kein andrer. Sprich nun, willſt Du's auf Dich nehmen?

Lange. Herr — sucht einen andern.

Massow. Wie?

Lange. Ich will wohl aus einem groben Bärenhäuter, der nicht drei zählen kann, einen richtigen Bauern machen, aber 5 was zu einem richtigen Herzog gehört, das weiß ich selber nicht so recht, zum wenigsten hab' ich noch niemalen drüber nachgedacht.

Massow. Du mißverstehst meine Meinung. Du sollst ihn nicht prinzlich halten; hochmütig ist er mir zu viel und oben hinaus und hat stets die Fürstenmucken im Kopf. Ver= 10 bauern soll er bei Dir, hörst Du, und wenn es selbst des Guten zu viel würde — Dein Schade soll's nicht sein. Hast Du jetzt verstanden?

Lange (sieht ihn scharf an; Pause). Ich glaube so was zu merken, Herr Hofmarschall.

15 Massow (einlenkend). Ein künftiger Herr in Pommern muß etwas von der Landwirtschaft wissen, oder er wird das Land zu Grunde richten, wie jetzt des Junkers Vater, der in ewigen Fehden die Saaten verwüstet und die Ernten mit Roß- und Kriegsvolk verschlingt. So soll's nicht wiederkommen.

20 Lange (mit schlauer Zurückhaltung). Hm! Es hat was für sich.

Massow. Begreifst Du nun? Willst Du nun einschlagen?

Lange (ihn verstellt treuherzig ansehend). Nee, ich thu' es doch lieber nicht, Herr.

Massow. Deine Gründe!

25 Lange. Es finden sich wohl andere.

Massow. Kein Besserer. Deine Gründe!

Lange. Na, da ist erstens die Dörte; wenn so'n Junker kommt, wer weiß, ob das Mädel — Feuer und Zunder —

Massow. Wir stehen Dir für alle Folgen. Indessen, 30 das größte Unglück wär's auch nicht.

Lange (aufflammend). Herr Hofmarschall —! (besinnt sich und stellt sich wieder treuherzig) Na, Ihr mögt Recht haben; und da könnte ich ja auch noch 'nen Riegel vorschieben. Aber zweitens: der Junker wird gar nicht wollen.

Massow. Er hat keinen Willen, darf keinen haben!

Lange. Wie ich ihn vorhin auf dem Markt anreden wollte
5 — ich habe ihn ja vor Jahren schon gekannt, als er erst drei Käse hoch war — da drehte er den Kopf weg, als ob er sagen wollte: Was hat der dumme Bauernkerl bei Dir zu suchen? — Na seht, vielleicht gefällt ihm meine Nase nicht.

Massow. Possen! Ich werde ihn rufen lassen. (geht an
10 die Thür) Achim!

(Achim erscheint; Massow spricht mit ihm.)

Lange. Heilige Dreifaltigkeit, fällt mir denn gar nichts ein? Das fehlte noch, daß ich mir einen Prinzen ins Haus nehmen sollte! Und so einen! so einen hochnäsigen Thunicht=
15 gut, damit man sich nachher in ganz Pommern erzählt, der Herzog ist in Lanzke so verkommen und verbubanzt, daß er fürs Regiment verdorben ist, und der Herr von Massow — Nur loskommen! Nur loskommen! Und was Mutter sagen würde! Für die wäre das was!

20 *(Lärm hinter der Szene. Achim deutet hinaus, entfernt sich auf einem Wink Massows, der zu Lange zurückkehrt.)*

Massow. Nun, Freund Lange, hast Du Dich eines Bessern besonnen?

Lange. Ach, Herr von Massow, ich wollte gehorsamst
25 bitten — Lanzke ist ja gar nicht so'n gesunder Fleck, meine eigenen Kinder sind da an den Pocken gestorben — das Wasser ist so schlecht.

Massow. Keine Ausflüchte, Alter! Du willst nicht gern, ich seh' Dir's am Gesicht an. Aber Du mußt Dich drein geben,
30 oder die Frau Herzogin wird es Dir als ihrem Bauern und Unterthan —

Sechste Szene.

(Die Thür wird aufgerissen, es treten ein) **Klaus Barnim** (der Bürgermeister
von Rügenwalde), **Bugslaff** (an der Hand führend, der unordentlich in der
Kleidung, mit verwildertem Haar, blaß und finster dreinschaut. Hinter ihnen)
5 **Niels Erichson** (die rechte Hand verbunden), **Henoch** und **mehrere
Diener.**

Klaus. Nur immer hier herein, Junker, ich kann's Euch
nicht ersparen, so gern ich wollte. Ah, seine Gestrengen, der
Herr Hofmarschall!

10 **Massow.** Klaus Barnim — was giebt's? Was bringt
Ihr? Was soll dieser Tumult?

Erichson. Klagen will ich, Entschädigung, Genugthuung,
Gerechtigkeit!

Klaus. Still da, Meister Niels. Ihr steht vor der
15 Obrigkeit. Alles nach der Ordnung. Gestrenger Herr, halten
zu Gnaden — (Die Herzogin kommt.)

Herzogin. Was hat der Lärm im Schloß zu bedeuten?
— Mein Sohn! Was ist geschehen? Was wollen diese Leute?
(**Bugslaff** steht finster abgewendet.)

20 **Massow.** Wir werden es erfahren, Frau Herzogin.
Bitt' Euch — (Führt sie zu dem Sessel.)

Herzogin. Bugslaff, was hast Du angestiftet? O daß
Du mir Kummer über Kummer machen mußt!

Klaus. Erlaubt, daß ich die Sache vortrage, fürstliche
25 Gnaden. An mich hat sich der Kläger zuerst gewendet. Aber
weil's unseren gnädigen Junker betrifft, durft' ich mir nicht
unterstehen —

Herzogin (sich setzend). Was werd' ich hören müssen!

Klaus. Das Kurze und Lange von der Sache ist, daß
30 unser gnädiger Junker an diesem Mann seiner Bude — er ist
nämlich ein Waffenschmied und ein ehrlicher Mann, ich kenne
ihn wohl, er kommt alle Jahr aus der schwedischen Stadt Stock=

holm auf unseren Markt, und wenn fürstliche Gnaden weiteres
von ihm wissen wollen —

Herzogin. Zur Sache!

Klaus. Also unser gnädiger Junker tritt an die Bude
5 und handelt um einen großen Dolch oder Waidmesser mit ver=
goldetem Griff, so ihm in die Augen stach —

Massow. Einen Dolch?

Erichson. Hier ist er, gnädiger Herr, guter schwedischer
Stahl, kommt mir selbst auf dreizehn Reichsthaler, und der
10 Junker rümpft die Nase und bietet acht. Herrlein, sag' ich —

Klaus. Tragt Ihr den Fall vor, oder ich?

Massow. Laßt den Kläger selber reden.

Erichson. Junger Herr, sag' ich, — denn es fiel mir
nach seinem Aufzug und Gebahren nicht im Traum ein, wen
15 ich vor mir hatte — wenn Ihr so billig einkaufen wollt, müßt
Ihr auf die Schnapphahns=Messe gehen, wo Meister Langfinger
den Markthelfer macht und für den Absatz sorgt. Acht Reichs=
thaler? Ihr wißt nicht, was schwedischer Stahl ist, sag' ich,
und lege das Messer wieder in den Kasten, der aber offen
20 stand, vorn auf dem Ladentisch. Indem so kommt —

Klaus. Nein, Ihr werft alle Materien durcheinander.
Darauf ging der gnädige Junker weg und versuchte sein Glück
im Knöcheln, dachte wohl das fehlende Geld hinzuzugewinnen,
verlor aber auch noch das seinige. War's nicht so, Junker?

25 **Bugslaff** (nicht trotzig).

Massow. Wer unterstand sich, ihn zum Spielen zu ver=
leiten?

Klaus (zuckt die Achseln).

Massow. Werdet Ihr die Namen nennen, Junker?

30 **Bugslaff** (schüttelt den Kopf).

Massow. Schon gut. Man wird sie ohne Euch er=
kunden. Fahrt fort, Bürgermeister

Klaus. Wie er nun das letzte verloren hat, kommt justement der Kerl mit dem Tanzbären durch die Budengasse, und es gibt einen großen Spektakel und Auflauf, und viele von den Marktleuten treten aus ihren Buden, um das Zotteltier
5 seinen Hopser machen zu sehen, und so unter andern auch der Niels Erichson; war's nicht so, Meister Niels?

Erichson. Freilich war's so; wie aber die Bestie wieder abzieht und ich in die Bude zurücktrete — holla, wo ist mein Waidmesser geblieben? Ich aus der Bude wie der Blitz, und
10 nicht zehn Schritte davon auf einem freien Fleck find' ich meinen jungen Herrn, der ganz ruhig steht und mit dem Dolch herumsicht, als hätt' er ihn längst bezahlt. Ich fall' ihm in den Arm, schreie, daß er ihn wiedergeben soll, statt dessen er, nicht faul, zückt die Klinge nach mir und schneidet
15 mir, eh' ich mir's versehe, hier die Maus durch, daß das Blut wie ein Strahl herausschoß.

Bugslaff. Er hat mich Dieb geschimpft, der Bube, der Unverschämte! Thät' er's noch einmal, ich thät' es wieder und zielte besser, daß er's zum drittenmal wohl bleiben ließe.

20 Herzogin. Bugslaff! — (eine Pause; Herzogin zum Wasserschmied) Ist es wahr, Mann, daß Du unsern Sohn des Diebstahls geziehen?

Erichson. Ich kannt' ihn ja nicht, fürstliche Gnaden, und an seinem Reden und Feilschen um den Dolch — wie sollt'
25 ich ihn daran erkennen? Wenn ich's gewußt hätte, hätte ich ihm das Messer wohl überlassen und wegen der Bezahlung bei fürstlichen Gnaden angefragt.

Herzogin. Und konntest Du nicht zur Mutter kommen, Bugslaff, und ihr Deinen Wunsch anvertrauen?

30 Bugslaff (will etwas sagen, sieht plötzlich die Mutter an und wendet sich ab).

Massow. Er wußte wohl, daß es ihm nicht erlaubt ist,

Waffen zu tragen, eh' er seine Wildheit ablegt. Wenn er
den Dolch haben wollte, mußte er's heimlicher anfangen.

Bugslaff. Ha, untersteht Ihr Euch —?

Massow. Habt Ihr die Stirn, zu leugnen, daß Ihr vom
5 Tisch des Mannes nahmt, was Ihr nicht bezahlt hattet?

Bugslaff. Hölle und Tod! Hätt' ich ein Schwert!

Massow. Man wird sich hüten, es einem Knaben an-
zuvertrauen, der sich nicht zu zügeln weiß.

Bugslaff (schäumend). Der Knabe ist Manns genug —

10 **Herzogin** (tritt dazwischen). Mein Sohn — Herr von
Massow — nicht weiter! (Pause.)

Henoch, (der bisher verlegen beiseite gestanden, nähert sich jetzt mit
furchtsamer Miene und vielen Verbeugungen). Mit Erlaubniß —

Massow. Was hat der Jude hier zu suchen?

15 **Klaus.** Er hat sich mir erboten, gestrenger Herr, Zeugnis zu leisten für den gnädigen Junker.

Massow. Zeugnis von einem landstreichenden Schelmen
für einen Fürstensohn! Vortrefflich! Und wer zeugt für den
Zeugen?

20 **Lange.** Das will ich thun, gnädiger Herr. Es ist
Salomon Henoch, der ehrlichste Jude, der jemals ungesäuertes
Brot gegessen hat. Wir haben manchen Pferdehandel miteinan-
ander gemacht, und manche Hammelherde bin ich an ihn
los geworden, und wenn einer dabei betrogen worden ist, der
25 Hans Lange war's nicht.

Massow. Gleichviel, was ist hier Zeugnis vonnöten?
Der Fall ist klar. Der Schuldige leugnet nicht.

Henoch. Mit Erlaubnis — bin ich nur ein armer
Jüd —

30 **Bugslaff.** Sollen Zeugen verhört werden, ob ich ein
Dieb sei, oder nicht, und wenn's ein räudiger Jude sein müßte?

Herzogin. Mäßigung, mein Sohn! — Sprich weiter, Jude!

Henoch. Gott soll Euer herzogliche Gnaden leben lassen hundert Jahr und erleben viel Freud' und Ehr' an Eurem
5 gnädigen Herrn Junker, so wahr, wie ich sagen will nur, was ich hab' gesehen.

Massow (scharf). Zur Sache!

Henoch. Ich hab' gesehen wie er hat gehandelt um das spitzige Messer, und wie er hat verloren sein Geld an die
10 Spitzbuben von Bürgersöhne, und wie gekommen ist der Tanz= bär und alles ist gelaufen, um zu sehen das grausame Tier, wie es ging auf zwei Beine. Und da ist der Junker hin= gegangen, so in seine Gedanken, und hat wieder Blicke ge= worfen auf das Messer, wie ein Bräutigam auf seine Braut.
15 Mein, hab' ich mir gedacht, Salomon Henoch, Du solltest zu ihm gehn und ihm anbieten, ihm zu leihen das Geld zu christliche Prozente, und wenn er's Dir erst wiedergibt als Herzog, Dein Geld ist Dir sicher und die Prozente auch.

Massow. Daß Du Dich unterstanden hättest!

20 **Henoch.** Hab' ich mir's unterstanden? Ich hab' es mir nur gedenkt in meinem dummen Kopf, und er hätt's auch nicht gethan, denn er ist so stolz, daß er ausspuckt, wo ein ehr= licher armer Jüd ihm guten Tag sagt. Also hat er das Messer genommen, immer in seine Gedanken, und niemand
25 hat's gesehn, als ich. Was mach' ich mir aus 'n Tanzbär? Bei mir sind Bären genug angebunden! Und wie er's in der Hand hat, macht er ein paar Schritte vorwärts, wo der Platz leer war, und kuckt so vor sich hin, als wär' er auf der Jagd und er paßte auf so ein wildes Untier, und horcht
30 und die Augen funkeln ihm ordentlich, und dann fuchtelt er in der Luft herum, als hätt' er den Bären selbst an der Gurgel, und im selbigen Augenblick kommt der Schwed' wie

3

rasend herangeschossen und fällt dem Junker in den Arm
und schreit: Holla, Diebe, Diebe! und will ihm wegreißen
das Messer mit Gewalt. Aber hast du gesehn, der gnädige
Junker, was thut er? Er stößt zu, einen Mordsstoß, immer
5 so in seine Gedanken, und glaubte wohl, er hätte noch vor
sich einen Bären oder eine wilde Sau, und da lief zusammen
alles Volk, und so war die Geschichte.

Klaus. Ich wollt' meinen Kopf dafür auf den Block
legen, daß sich's also verhielt, fürstliche Gnaden.

10 Henoch. Nu, wird sich's anders verhalten? Ein Herzog
von Pommern, braucht er zu stehlen ein lumpiges Messer, wo
ihm borgen würde Christ und Jude und ohne Pfand? Und
wenn er's hätt' wollen stehlen, zu seinem hochgeborenen Ver=
gnügen, würd' er sein stehn geblieben und gespielt haben
15 Bärenjagd mit dem gestohlenen Gut? Bin ich nur ein armer
Jüd, aber was stehlen heißt, weiß ich auch.

Massow. Genug. Wir wissen jetzt alles, was zu wissen
frommt. Was ist Deine Forderung, Schwede!

Erichson. Ich verlange fünfzig Goldgulden Schmerzens=
20 geld, daß ich mir die Hand wieder heilen lassen kann und für
die Versäumnis in meinem Geschäft.

Herzogin. Ihr sollt das Doppelte haben, (leise zu ihm)
dafern Ihr gelobt, draußen von diesem Vorfall zu schweigen.
Was meinen Sohn betrifft —

25 Massow. Er wird dem Mann, den er geschädigt,
Abbitte leisten.

Bugslaff. Nimmermehr! Eher stürb' ich. Ihm ist
recht geschehen.

Massow (heftig). Junker!

30 Herzogin. Überlaßt ihn jetzt sich selbst. Wenn Du
Dich besonnen hast, mein Sohn, reden wir weiter. Herr Bürger=
meister, gebt dem Zeugen ein Geschenk für seine Mühe.

Henoch. Bin ich nur ein armer Jüd, aber bezahlen lassen, daß ich hab' gesagt, was ich hab' gesehn, läßt Salomon Henoch sich nicht.

Herzogin. Massow, ich habe mit Euch zu reden

5 Massow. Mit Dir hernach noch ein weiteres, Bauer! (Er führt die Herzogin nach links hinaus, während Klaus, der Waffenschmied und Henoch durch die Mittelthür abgehen, Lange, im Gespräch mit Klaus, bleibt auf der Schwelle zurück, als hätte er noch etwas vergessen, und sieht sich nach Bugslaff um, der sich vorn auf den Sessel geworfen und das Gesicht mit den 10 Händen bedeckt hat.)

Siebente Szene.
Bugslaff. Hans Lange.

Lange (für sich). Hm! Er thut mir doch leid, der arme Narr! Ist doch immer ein Fürstenkind und muß sich so 15 'rumstoßen lassen. Hm! (nähert sich Bugslaff und klopft ihm mit der Hand auf die Schulter.) Junker, nichts für ungut!

Bugslaff (heftig abwehrend). Fort von mir!

Lange. Seht mich doch mal an! Ei was! Ein junger Herzog und weinen!

20 Bugslaff (verwirrt). Weinen? — Vor Wut!

Lange. Nu seht, Junker, das läßt sich schon besser an, ist aber auch noch nichts nutz, muß auch noch anders werden.

Bugslaff (auffspringend). Willst Du's ändern, Bauer? Was hab' ich mit Dir zu schaffen?

25 Lange. Hört einmal, junger Herr, so müßt Ihr nicht reden zu jemand, der's gut mit Euch meint, und wär's zehnmal ein gemeinerer Mann, als der Bauer Hans Lange. Bauern machen Fürsten, Junker Bugslaff, und ein rechter Bauer steht besser in seinen Schuhen, als ein schlechter Prinz. Wenn 30 ich's jetzt nicht gut mit Euch meinte, so ließe ich Euch hier stehn, wie die andern, und dächte: Was Dich nicht brennt, das blase nicht, und Gott sei Dank, daß das junge Unkraut da nicht in Deinem Garten gewachsen ist, mit aller Ehrfurcht,

3*

herzogliche Gnaden! Aber ich kann nicht so weggehn, weil Du
mich dauerst, lieber Junker, und ich Dir gerne helfen möchte,
so gut ein schlechter Bauer kann und vermag.

Bugslaff (sanfter). Ich danke Dir, Mann. Aber geh!
5 Du kannst mir nicht helfen. Gegen ihn hilft nichts, als der
Tod, seiner, oder meiner.

Lange. Ist er denn wirklich so schlimm?

Bugslaff. Sahst Du's nicht, wie schimpflich er mich in
den Staub trat, und niemand, der zu mir gestanden wäre?
10 Denn sie fürchten ihn alle, das Land, Adel und Ritterschaft —
und die Mutter. Ich habe zu meinem Vater fliehen wollen,
zweimal. Zu Lande haben mich Massow's Reiter eingeholt,
zur See seine schnellen Schiffe. Und dann Hunger, Haft —
(wild und leise) und ich in meiner Ohnmacht gegen ihn!

15 Lange. Hm! Muß kein gut Auskommen mit ihm sein.
Na und Ihr seid auch nicht der Zahmste, und zwei harte
Mühlsteine können nicht gut zusammen mahlen. Was ich
sagen wollte —

Bugslaff. Daß ich hundert Klafter tief unterm
20 Rasen läge!

Lange. Und die Frau Mutter, lieber Junker?

Bugslaff. Kein Wort von ihr! (für sich) Das ist das
Bitterste.

Lange. J nu, sie meint es doch am Ende besser mit
25 Euch, als Ihr glaubt. Wißt Ihr denn schon, daß sie Euch
zu mir aufs Land hinaus schicken will?

Bugslaff. Was sagst Du, Bauer? Fort von hier?

Lange (nickt). Ich bin nämlich in Lanzke zu Haus, das
ist ein Dorf, drei Stunden von Rügenwalde, und liegt ganz
30 lustig zwischen Feldern, Forsten und Bruchwald, und die Koppel
Pferde, die ich draußen habe —

Bugslaff. Pferde?

Lange. Wilde und zahme, und die zuzureiten, ist schon ein Herrenspaß, unangesehen, daß es auch von Wild wimmelt in unserer Gegend, und Wölfe und Luchse —

Bugslaff. Und Ihr jagt die Wölfe?

5 Lange (nickt). Und die Fischerei zur See und der Lachs= fang —

Bugslaff (lustig). Ich gehe mit Dir, Bauer. Komm, auf der Stelle fort!

Lange. Halt, Junker! Nicht so hitzig. Eure Frau
10 Mutter hat mich durch den Herrn von Massow fragen lassen, ob ich Euch draußen haben wollte, und da hab' ich gesagt —

Bugslaff. Nun?

Lange. Daß ich mich davor bedankte, und sie sollten sich nach einem andern umsehn.

15 Bugslaff. Das hättest Du gesagt? Und warum?

Lange. I nu, Junker, ich hatt' Euch ja noch nicht ge= kannt, und was ich so von Euch habe erzählen hören — nu das hat mir eben nicht Lust gemacht auf Eure nähere Bekanntschaft.

20 Bugslaff (seinen Ärger verbeißend). Aber jetzt, wenn Du jetzt gefragt würdest?

Lange. Würde ich mich erst recht bedanken. Nee, Junker, wenn Ihr so bleibt, wie Ihr seid, dann tanzen wir nicht zusammen. Ich habe auch einen harten Kopf, da würde es
25 Funken setzen, wenn mein alter und Euer junger Hitzkopf aneinander gerieten.

Bugslaff (verwirrt). Meinst Du, Bauer?

Lange. Ja seht, junger Herr, Ihr seid doch nu einmal ein Prinz, obschon Ihr's nicht danach treibt, und ich bin Eurer
30 Frau Mutter eigener Mann. Aber in meinem Hause, da bin ich Herr und muß es sein, wenn die Wirtschaft nicht aus dem Leim gehen soll, und Vieh und Menschen haben keinen über

mir, versteht mich). Dafür paß' ich denn auch höllisch auf,
daß ich selber keinen über mich lasse, als zum Beispiel den
Zorn, oder den Wein, oder die liebe Unvernunft. Na,
Menschen sind wir alle, aber unserm Herrgott sei Dank, wenn
5 mir 'mal 'was Menschliches begegnet, dann laß' ich mir den
Kopf beizeiten wieder zurechtsetzen, nämlich von meiner alten
Mutter, die macht nicht viele Worte, aber jedes Wort hat
Hand und Fuß.

Bugslaff (mit Teilnahme). Eure Mutter?

10 **Lange** (nickt). Und seht, junger Herr, wenn ich nun so 'nen
Prinzen auf Lanzke beherbergte, und der wollte den Meister
spielen über mich, oder würde mir gar 'mal grob gegen die alte
Frau — und wenn's unserm Kaiser sein Thronfolger selber
wäre, da verstünde ich keinen Spaß.

15 **Bugslaff.** Hans Lange, so 'was — sollte gewiß nicht —

Lange. Sollte es nicht? Na das freut mich. Aber da
hat's noch andere Haken. Wir sind man gemeine Leute, Junker,
und wer bei uns anklopft und einen ehrlichen Namen hat, dem
wird aufgethan, und er setzt sich mit an Tisch und langt zu,
20 gleichviel ob Jud oder Christ. Wenn ich da meinen guten
Freunden sagen müßte: Bleibt draußen, wir haben einen
Prinzen bei uns, der rümpft die Nase über einen ehrlichen
Windmüller oder Schiffsmann oder so, und vor einem ehr=
lichen Hebräer vollends spuckt er aus und sagt: „Räudiger
25 Jud" zu ihm —

Bugslaff (beschämt). Ihr sollt's nie wieder hören.

Lange. Recht so, Junker. Je höher einer geboren ist,
desto mehr soll er bedenken, daß vor unserm Herrgott hoch und
niedrig gleich gelten. Na seht, ganz so schlimm, wie man Euch
30 macht, seid Ihr wirklich nicht. Wenn ich das früher gewußt
hätte — am Ende —

Bugslaff. Hättest Du n i c h t nein gesagt? O guter

Lange, gib mir Deine Hand, nicht wahr, ich darf mit Dir gehen, ich darf?

Lange. Junkerchen, Junkerchen, Du weißt nicht, um was Du bittest. Am Ende kommst Du aus dem Regen in die Traufe
5 und sehnst Dich zurück nach den Fleischtöpfen Deiner Frau Mutter, wenn auch der Herr von Massow seinen Pfeffer dran streut. Kannst Du auf Stroh schlafen, auf Holz sitzen, und Bauernkost essen?

Bugslaff. O nur fort aus diesem Schlosse, wo die
10 Luft mir die Kehle schnürt und ich Gift trinke aus jedem Becher! Bauer, ich habe ein Zutrauen zu Dir, wie noch nie zu einem Menschen. Ich kenne Dich nicht, aber — es kommt mir vor — als meintest Du es gut mit mir.

Lange (feierlich). So wahr mir unser Herrgott ein gnä=
15 diger Richter sein möge, ja, lieber Junker, und weil Du das gemerkt hast, so komm — so wollen wir's miteinander wagen. Ich denke, es soll keinen von uns gereuen!. Schlag ein!

Bugslaff (schlägt herzhaft ein). Und nun keine Minute länger —
20 Lange. Wohin?

Bugslaff. Nach Lanzke, in die Freiheit!

Lange. Ohne Abschied von der Frau Mutter?

Bugslaff (finster). Ich kann nicht, das Herz ist mir — zu voll gegen sie.
25 Lange. Hm! das thut mir leid. Na denn abjes, Junker (thut, als ob er fort wolle).

Bugslaff. Was soll das bedeuten?

Lange. Ich will allein zur Frau Herzogin und ihr sagen — daß es dabei bleibt.
30 Bugslaff (erschrocken). Wobei?

Lange (trocken). Nu, daß ich Euch nicht mitnehme.

Bugslaff. Wenn Du wüßtest —

Lange. Ich weiß nur, daß das vierte Gebot heißt: Du sollst Vater und Mutter ehren, und daß einer, der nicht mal thut, was unser Herrgott geboten hat, sich den Teufel dran kehren wird, was ein schlechter Bauer von ihm verlangt.

5 Bugslaff (nach innerem Kampf). Ich weiß nicht, wie es kommt, aber Du machst mit mir, was Du willst. Laß uns — zu meiner Mutter!

Lange. So gefällst Du mir, lieber Junker. Na denn in Gottes Namen! Und wenn wir nachher über den Markt 10 gehn, — das Jagdmesser wollen wir nicht dahinten lassen, so reich ist Hans Lange noch, und ein gut Wort an den Schweden wird Dir auch nicht so sauer werden, wie Du denkst. — Die zu Hause werden aber Augen machen! Das ist das erste Mal, daß ich vom Markt komme und mir einen Prinzen 15 gekauft habe!

(Der Vorhang fällt rasch.)

Zweiter Akt.

(Bauernstube in Hans Langes Haus. Zur Linken der Herd. Im Hintergrunde links ein Fenster, vor welchem ein großer Tisch steht, mit Bänken umgeben 20 Rechts daneben die Thür, die in den Hof führt. Links neben dem Herd eine Thür, die in die Kammer der Frauenzimmer führt; gegenüber eine dritte Thür. Vorn rechts ein Großvaterstuhl, daneben ein Spinnrad.)

Erste Szene.

Hans Lange, die alte Gertrud, Dörte, Bugslaff, Henning, zwei 25 Knechte und zwei Mägde (sitzen um den Tisch und essen).

Lange. Frisch zugelangt, Junker! So gut kocht's Eurer Frau Mutter Leibkoch nicht. Erbsen und Speck, wenn Adam und Eva das Essen im Paradiese gehabt hätten, die hätten's wohl bleiben lassen, in den sauren Apfel zu beißen.

Bugslaff. Ich danke, Vater Lange. Ich bin satt.

Lange. Ei was, Ihr schlagt doch sonst eine bessere Klinge und unser Herrgott läßt's Euch gedeihen. Ich wollte wetten, Ihr seid in den zehn Wochen schon so ein Pfundner zwanzig
5 schwerer geworden.

Dörte. Ihr vergeßt den Schlaf, Vater. Lange schlafen macht fett. (Das Gesinde lacht.)

Lange. J Du naseweises Ding, hast Du immer was zu sticheln? Bet lieber das Dankgebet, und Ihr da, daß Ihr
10 Eure Schuldigkeit gegen unsern jungen Herrn nicht vergeßt, das rat' ich Euch.

Bugslaff. Laßt sie lachen, Vater Lange. Ihr sagt ja selber: Wer lacht, thut keine Sünde.

Lange. Wo's hingehört. Alles an seinem Ort und
15 Zeit. Also wollen wir beten. (Alle stehen auf, schlagen das Kreuz, falten die Hände).

Dörte. Wir sagen dir Herr Jesu, Dank
Für Speis' und Trank.
Laß uns gedeihen Trinken und Essen
20 Und deiner Gnade nicht vergessen.

Gertrud. Amen. (Alle bekreuzen sich und verlassen den Tisch.)

Lange. Gesegnete Mahlzeit! (Der Mutter etwas lauter in's Ohr sagend) So, Mutterken, nun legt Euch ein bischen hin und dröst. (Dörte führt die Großmutter, die am Stock geht, in die Kammer links.
25 Die Knechte und Mägde entfernen sich einzeln, nur Lange, Bugslaff und Henning, letzterer an einer Sense bastelnd, bleiben zurück.)

Lange. Na, Junker, und Ihr? Sputet Euch man, daß der Pferch bis an den Abend fertig wird, und treibt die wendischen Knechte gehörig an, die sind faul wie's Wechselfieber,
30 kommst Du nicht heute, so kommst Du doch morgen.

Bugslaff. Vater Lange, ich hab' eine Wölfin gesehen, im Holz, sie trug Junge und trabte gerade in das Bruch hinüber, daß ich sie fast mit Händen greifen konnte; aber da wurde zu Mittag geläutet, und weil ich weiß, daß Ihr's nicht leiden könnt, wenn ich die Hausordnung nicht halte, hab' ich sie einstweilen laufen lassen. Jetzt aber — ich weiß die Fährte genau —

5   **Lange.** Hm! Ins' Bruch, sagt Ihr?

Bugslaff (nickt). Sie wird da werfen wollen, 's ist dieselbe, die mir jüngst das gelbe Fohlen niederriß und der Mutterstute die Halsadern durchbiß, die Bluthündin. Als ich sie sah, kochte mir die Galle, und sie merkt' es wohl, was für eine 10 Wochensuppe ich ihr einbrocken wollte, so falsch und feige schielte sie mich an und nahm den Schwanz zwischen die Beine.

Lange. Und der wollt Ihr jetzt nachrennen?

Bugslaff. Ich brenne darauf. Der Wolf kann auch nicht weit sein — (will fort).

15   **Lange.** Hm! Und der Pferch?

Bugslaff (zögernd). Könnte denn nicht — der Henning —

Lange. Der hat seine eigne Arbeit.

Bugslaff. Wenn ich's den Knechten recht einschärfe —

Lange (zuckt die Achseln).

20   **Bugslaff.** Und am Ende wird der Pferch morgen so gut fertig, wie heut.

Lange. Hm! Morgen wird Haber geschnitten. Aber wie Ihr wollt, Junker, wie Ihr wollt.

Bugslaff. Vater Lange, es ist Euch nicht recht, ich merk' 25 es wohl. Ihr könnt's nicht leiden, daß man was halb thut. Aber ist's denn nicht dringender, das Raubtier zu jagen? Die Pferde können wohl noch eine Nacht in der alten Hürde stehen.

Lange. So? können sie? Wo der Zaun so schadhaft ist, 30 daß der lahmste Wolf, der's Springen wohl bleiben läßt, ganz sachte durchzotteln kann? Aber wie gesagt, geht Ihr nur

Eurem Jagdvergnügen nach, wir werden schon ohne Euch
fertig werden.

Bugslaff. Vater Lange —

Lange. Henning, geh nach dem Pferch. Gib mir die
5 Sense. Ich will selber auf die Wiese.

Bugslaff. Nimmermehr! Es war nur so ein Einfall.
Ihr habt recht, Vater Lange, die Wölfin läuft uns nicht weg.

Lange. So ist es recht, Junker. Immer hübsch bei
der Stange geblieben. Wenn Du einmal auf dem Herzogsthron
10 sitzest und hast den Kopf voll von ekligen Geschäften, und Dir
läuft dann so eine Wölfin über den Weg — laß sie laufen,
Junker! Es kommt auch noch an sie die Reihe. Aber wer
nichts recht thut, hat nie Feierabend. Übermorgen ist Sonntag,
da umstellen wir das Bruch, und es müßte mit dem Henker
15 zugehn, wenn wir das Racker nicht zu fassen kriegten, und so
ein Stücker sechs bis sieben kahle Nestwölfe dazu. Bist Du's
zufrieden, mein Junge, — gnädiger Junker, wollt' ich sagen?

Bugslaff (seine Hand fassend). Vater Lange, wenn einmal
ein Mann aus mir wird, der sich sehen lassen kann, so hab'
20 ich's niemand auf der ganzen Welt zu danken, als Euch.

Lange. Das laßt den Herrn Hofmarschall nicht hören.
Na überhaupt, Junker, wenn der mal dahinter kommt, auf was
für Art Ihr hier verbauert seid, das gibt einen Mords=
spektakel, und mir, mir zieht er das Fell über die Ohren.
25 Hört einmal, Ihr müßt Euch, wenn der Massow kommt,
so'n bischen dumm anstellen und beileibe nicht verraten,
daß Ihr hier noch was anderes angegeben habt, als essen
und trinken und unserm Herrgott die Zeit totschlagen. Könnt
Ihr das wohl?

30 Bugslaff (die Faust ballend). Ich will ihm zeigen —

Ein Knecht (ruft herein). Bauer, Ihr sollt mal 'raus kommen.

Lange. Na, kommt! Wir sprechen noch mehr davon. Ja

der wird sich höllisch wundern. Hehehe! Einen Mordsspektakel gibt das. — Henning, mach fort! — Einen Mordsspektakel! (Geht mit Bugslaff ab).

Zweite Szene.

5   H e n n i n g (wirft, so wie er allein ist, die Sense weg). Daß Dich der Wolf fresse mit Haut und Haaren, Du hergelaufene Herzogs= puppe! Ist mir doch immer zu Mute, wenn ich ihn sehn und hören muß, und wie sie alle mit ihm schön thun, als ob mich
10 die Hex ritte, oder es packte mich wer an der Gurgel. Himmelkreuzsakrament! Wenn ich nur fort könnte — aber das ist es eben, ihn hier ganz alleine lassen, daß er hinterm Rücken des Alten — prost die Mahlzeit! Nee, so dumm sind wir auch nicht! Ihn wegbringen, — so — oder so — wenn's
15 ginge, das wäre das beste. Hernach, freilich — so wie's war, wird's auch nicht wieder, und dann — (Dörte tritt ein, macht sich mit dem Geschirr am Herd zu schaffen).

   D ö r t e. Bist Du auch noch da, Henning?

   H e n n i n g. Wie Du siehst, Dörte. Aber sei ruhig, ich
20 gehe schon.

   D ö r t e. Meinetwegen kannst Du gehen oder bleiben.

   H e n n i n g. Deinetwegen, Dörte? Natürlich, Dir ist es ganz gleich, ob ein Henning auf der Welt ist oder nicht. An den Stuhl da denkst Du mehr, als an mich.

25   D ö r t e. Ist auch mehr nütz, der Stuhl, als so ein großer Murrkopf, der nichts thut als brummen und Gesichter schneiden.

   H e n n i n g. Na, man muß freilich ein Stück Holz sein, um sich alles gefallen zu lassen und nicht einmal das Maul zu verziehen.

30   D ö r t e. Höre mal, Henning, nachgerade wird mir das Ding langweilig. Was stehst Du immer um mich herum und zuckst die Achseln und ha! und hum! und all das dumme

Zeug? Wer hat Dir was gethan, daß Du ein Gesicht machst, wie die Not Gottes?

Henning, (den Hut zwischen den Händen drehend). Mir, Dörte? O, mir hat kein Mensch was gethan, wer wird Henningen 5 was thun? Henning thut seine Arbeit und geht seiner Wege und läßt unsern Herrgott einen guten Mann sein, und für weiter was ist Henning gar nicht vorhanden; er ist ja nur ein Knecht, und ein Knecht ist ein bischen was Besseres als ein Ackerpferd; so lang das den Pflug zieht, thut ihm kein 10 Mensch was. Wer wird Henningen was thun?

Dörte. Dummer Schnack!

Henning. Ja wohl, wie eben ein Knecht schnacken thut. Ein Prinz schnackt besser.

Dörte. Will's da hinaus? Ich dachte es doch!

15 Henning. Freilich, so lange man noch keine Prinzen hatte, war Henning gut genug. Da hieß er „lieber Henning" und „guter Henning", Henning hinten und Henning vorne. Und wenn der Haselbusch draußen am Gartenzaun reden könnte —

20 Dörte (stellt sich dicht vor ihn hin mit eingestemmten Armen). Sei einmal still und laß mich reden. Ich weiß ganz gut, daß es früher anders zwischen uns war, aber wenn sich einer zu beklagen hat, so bin ich es.

Henning. Natürlich! Mannsleute müssen immer Kar= 25 nickel sein und angefangen haben.

Dörte. Warum bist Du aus einem lustigen, dienstfertigen, zuverlässigen Menschen plötzlich ein alter Brummbär geworden, seitdem der Junker im Haus ist.

Henning. I nu, vielleicht gerade deshalb, weil Jungfer 30 Dörte aus einer zuverläßlichen, menschenfreundlichen Dirne ein hochmütiges, wetterwendisches Frölen geworden ist, seit= dem der Junker im Haus ist.

Dörte. Das lügst Du in Deinen Hals, Henning.

Henning. Natürlich! Mannsleute lügen, wenn sie Frauensleuten die Wahrheit sagen.

Dörte. Die Wahrheit? Ich will sie Dir sagen, Henning.
5 Ich hab' wohl gesehen, wie es Dir gleich anfangs in die Krone gefahren ist, daß unser junger Herr nach Lanzke kam. Und seit dem Tag bist Du um mich herumgegangen, wie der Hund um den Schafstall, wenn er den Wolf wittert, und ich habe dem Junker nicht guten Tag und guten Weg bieten können,
10 so hast Du Deine grobe Nase dazwischen gesteckt. Da hab' ich mir gesagt: Was? Fängt das schon jetzt so an? Und den hast Du einmal zum Mann nehmen wollen, den heimtückischen, spürnäsigen, jähzornigen Menschen? Da hättest Du Dir ein schönes Hauskreuz aufgeladen. Nein, und nun gerade zeige
15 ihm, daß er mit solchen Sachen schlecht bei dir ankommt, und sei lustig mit dem Junker, und dann mag er sich ab= nehmen, daß man mit artigen Leuten artig und mit groben Ge= sellen — gar nicht umgehen mag. So! Und nun weißt Du's und nun laß mich mit Deinen Dummheiten in Frieden
20 (dreht sich kurz um und geht wieder an den Herd).

Henning. Natürlich! erst machen sie einem den Kopf warm, und nachher soll man sie in Frieden lassen! Geh sie nur immer hin, Jungfer Dörte; sie will ich wohl in Frieden lassen. Aber ihn, den hergelaufenen Prinzen —
25 Dörte. Nun?

Henning. Den wir erst haben aus dem Gröbsten heraushelfen müssen, der die Pferde hintern Pflug spannen wollte, —

Dörte. War's seine Schuld?
30 Henning. An den kehre ich mich keine alte Erbsenschote groß, wenn er jetzt auch so hochmütig ist, daß er sich mehr einbilden thut, als unser lieber Herrgott.

Dörte. Rede nur zu. Du redest Dich immer mehr in Dein Verderben hinein.

Henning. Und weil denn doch nichts mehr zu verderben ist, so will ich man beizeiten an den Haselbusch gehen und
5 mir ein paar handfeste Ruten schneiden, und wenn ich den Herrn Prinzen mal wieder so karessieren sehe, nur so von ungefähr ihm das Wams ausklopfen.

Dörte. Untersteh Dich!

Henning. Und wenn er daran noch nicht genug hat
10 — — (sich die Armel aufstreifend).

Dörte. Henning, Du bist —

Henning (sich in Zorn redend). Eine Bestie bin ich, das weiß ich, und darum will ich auch nichts Besseres vorstellen, als was ich bin, und wer mir das nimmt, was schon einmal
15 mein gehört hat, der soll spüren, daß eine Bestie Haare auf den Zähnen hat, oder es sollen doch gleich dreimal sieben Teufel durchfahren und diesen hergelaufenen —

Dritte Szene.
Vorige. Bugslaff (rasch eintretend).

20 Bugslaff. Henning! Wo steckst Du? Der Bauer hat schon dreimal nach Dir gerufen.

Henning (ohne zu erschrecken, streift phlegmatisch die Armel wieder herunter). Schon gut, ich komme schon. Ich habe erst hier was Pressantes abzumachen gehabt. (Er spuckt in die Hände, nimmt
25 die Sense auf den Rücken und geht, während Bugslaff sich dem Mädchen nähert, langsam der Thür zu. Auf der Schwelle dreht er sich noch einmal um, droht gelassen mit der Sense und zieht die Thür hinter sich zu.)

Bugslaff. Was ist dem Burschen über die Leber gelaufen?

30 Dörte (verstimmt). Er ist ein Narr. Kehrt Euch nicht an ihn. Was habt Ihr denn hier zu suchen?

Bugslaff. Meine Meßkette und die Klammern für den Pferch.

Dörte. Die liegen in der Scheune hinter der Thür.

Bugslaff (sie bei der Hand fassend). Dörte, Du sollst mir
5 die Wahrheit sagen: Henning ist unartig gegen Dich gewesen; ist's nicht so?

Dörte. Was geht's Euch an? Ich hab' ihm schon gedient.

Bugslaff. Was will er von Dir? Was hat er immer zu brummen und vor sich hin zu fluchen? Darf ich's nicht
10 wissen?

Dörte. Es ist gar kein Geheimnis, Ihr könntet es selbst mit Händen greifen. Ich bin ihm früher gut gewesen und hab' ihm auch einmal gesagt, wenn Vater nichts dagegen hätt', meinetwegen könnten wir noch einmal Mann und Frau
15 werden. Aber freilich, Vater wird mich ihm nimmermehr geben, weil er nur der Großknecht ist und arm.

Bugslaff. Dich diesem groben Gesellen?

Dörte. Er wär' mir fein genug, wenn er nicht so hitzig und tückisch wäre. Aber daß ich mit Euch lache und
20 spaße, wobei doch keine Sünde ist, das bringt ihn jetzt in eine Wut und Galle —

Bugslaff. Eifersüchtig? Auf mich?

Dörte. Sag' ich's nicht, daß er ein Narr ist? Ich seh' grad' danach aus, als ob ich ein Fressen für einen Prin-
25 zen wäre.

Bugslaff. Dörte, liebe süße Dörte — (legt den Arm um ihren Leib).

Dörte. Nein, laßt mich in Ruhe, Junker. Freien thut Ihr mich doch nicht, und zum Zeitvertreib für Eure fürstliche
30 Gnaden —

Bugslaff. Wenn ich Dir aber schwöre —

Dörte. Daß Ihr bis über die Ohren in mich verliebt

seid? Hahaha! Daran hätt' ich was Rechts. Ihr gefallt
mir soweit nicht übel, aber ich habe mein' Tage nicht gesehn,
daß der Falke und die Spätzin zusammen ein Nest gebaut
hätten. Gleich und gleich soll sich paaren, wie in der Arche
5 Noah.

Bugslaff. Gleich und gleich? O Dörte, was hat mein
Vater davon gehabt, daß er eine Königstochter gefreit hat?
Mit der ersten besten Bauerntochter, wenn sie schön und fromm
und ihm gut gewesen wäre, hätte er glücklicher gelebt.

10 Dörte. Da seht Ihr's wieder, Eure Frau Mutter
dünkt sich zu hoch und eben nicht gleich gepaart. Ich bleibe
bei meinem Sprichwort.

Bugslaff. Dörte, bist Du mir ein klein wenig gut?

Dörte (am Spinnrad zupfend). Warum nicht? Man soll ja
15 seinen Nächsten lieben, und das seid Ihr so gut, wie der
Henning.

Bugslaff. Sieh, Dörte, Dein Vater hat viel an mir
gethan. Ohne ihn säß' ich noch in meinem Gefängnis und
schändete in wildem Müßiggang meine Geburt und vergäße,
20 was ich mir selber und meiner Zukunft schuldig bin. Hier erst
bin ich inne geworden, was ein rechtschaffenes Tagewerk be=
deutet, und habe Vorsätze gefaßt für mein ganzes Leben, und
das werde ich Deinem Vater nie vergessen, daß er mir dazu
verholfen hat. Was wäre es nun, wenn ich einst zum
25 Regiment käme und sagte: Das und das hat der Bauer Hans
Lange an mir gethan, und nun will ich mir seine Tochter
zur Frau nehmen, zum Zeichen —

Dörte. — daß Ihr ein rechter Kindskopf wäret und
man Euch Land und Regiment nicht anvertrauen sollte.

30 Bugslaff. O Du Nichtsnutzige, vergissest Du so die Ehr=
furcht gegen Deinen Landesherrn? Geschwind thue Abbitte,
oder ich schließe Dir Deinen gottlosen Mund.

Dörte. Thut, was Ihr müßt, ich rede, was ich will.

Bugslaff. So muß ich wohl die Buße nehmen, Hoch=
verräterin! (küßt sie).

Dörte. Geht, Ihr seid viel unartiger, als der Henning.

5　Bugslaff. Hörst Du nicht auf zu lästern, Du Über=
mut? Warte! (Er will sie wieder küssen, sie entspringt ihm, läuft hinter den
Herd, er ihr nach. In demselben Augenblick öffnet sich die Thür, und von Henning
begleitet, der sich nach einem bedeutsamen Blick auf Dörte sogleich wieder zurückzieht
tritt Massow herein.)

10　　　　Vierte Szene.
Massow. Bugslaff.

Massow. Da geht's ja lustig zu. Laßt Euch nicht
stören, Junker. (Dörte läuft in die Kammer links.)

Bugslaff (umblickend, steht versteinert). Ha! Massow!

15　Massow. Ihr spieltet ein ländliches Spiel, Dirnengreifen
oder Schürzenjagd — wie nennt man es hier in Lanzke?
Warum ist Eure artige Spielkameradin davongelaufen? Ich
sehe es gern, wenn junge Leute vergnügt sind.

Bugslaff. Herr von Massow — was führt Euch
20　hierher? Sagt es rasch, ich habe keine Zeit —

Massow. Nun, nun, Junker, so eilig wird's doch nicht
sein. Die Dirne ist Euch ja wohl sicher und über Nacht
bleibe ich keinenfalls.

Bugslaff. Was soll das? Ich dulde keinen Hohn
25　gegen dieses Mädchen.

Massow. Hohn? Nun ich denke, sie muß es sich zur
Ehre rechnen, wenn Eure Fürstlichen Gnaden sich herablassen —

Bugslaff (heftig). Massow! — (faßt sich wieder) Gott
befohlen, Herr Hofmarschall! (Geht nach der Thür im Hintergrunde.)

30　Massow (für sich). Pfeift der Vogel aus diesem Ton?
(scharf) Ich muß bitten, daß Eure Fürstlichen Gnaden mir
ein kurzes Gehör schenken. Ich bin nicht die drei Stunden

Weges geritten, um Landluft zu genießen und die Frösche im Dorfteich von Lanzke quaken zu hören. (Setzt sich in den Großvaterstuhl.)

Bugslaff (zurückkommend). O nein, Herr von Massow, Ihr hattet sicher bessere Gründe. Soll ich Euch sagen, was
5 Euch hierheraus gelockt hat? Ihr hofftet, hier unter dem gemeinen Bauernvolk würde ich meiner Abkunft vergessen und stumpf und blöde werden an Seel' und Leib, daß mein eigner Vater, wenn er mich je wiedersähe, sich mit Verachtung von mir abwendete, der Adel die Achseln zuckte und ich den Städten
10 zum Gespött würde; denn ich weiß wohl, wohin Ihr zielt. Aber bei dem Gott, der es gefügt hat, daß Ihr selbst mich unter dieses Dach bringen mußtet, bei dem Gott schwör' ich Euch: Ihr werdet die Frucht Eurer Ränke nicht essen, solange ein Atemzug diese Brust bewegt und eine Muskel diesen Arm
15 spannt. Und nun geht heim und meldet das meiner Frau Mutter!

Massow. Die davon nicht weniger überrascht sein wird, als ich. Ich sehe mit Vergnügen, daß Euch die Landluft wohl bekommen ist. Ihr seid, wie wir hofften, rüstiger ge=
20 worden, unter anderm auch mit der Zunge; nur in der Menschenkenntnis habt Ihr unter diesen biederen Leuten nicht große Fortschritte gemacht. Wenn der Bauer etwa Euch diese Grillen in den Kopf gesetzt hat —

Bugslaff. Ich bedurfte keines Einflüsterers, um zu
25 wissen, wofür ich Euch zu halten habe. Und hier bindet mich keine Scheu, es Euch ins Gesicht zu sagen.

Massow. Ehrlich währt am längsten. Nur sollte auch Einsicht immer bei der Ehrlichkeit sein, und Eure Fürstliche Gnaden sind — noch sehr jung.

30 Bugslaff. Alt genug, um —

Massow (aufstehend.) Ich ersuche Eure Hoheit, den Auf=

trag anzuhören, den ich von der Frau Herzogin an Euch zu bringen habe.

Bugslaff. Einen Auftrag?

Massow. Der Euch hoffentlich überzeugen wird, wie
5 widersinnig die Anklagen sind, die Ihr gegen die Leiter Eurer Jugend zu schleudern Euch erlaubt. (Die Alte tritt an ihrem Stabe herein, scheinbar ohne die Männer zu beachten, geht nach dem Spinnrad und trägt es sich an den Herd, wo sie sich niedersetzt und zu spinnen anfängt.)

Massow. Wer ist das alte Weib?
10 **Bugslaff.** Die Mutter des Bauern.

Massow. Heißt sie hinausgehen.

Bugslaff. Sie ist taub und versteht nur ihren Sohn und ihre Enkelin.

Massow. Die Frau Herzogin hat es gern vernommen,
15 daß Ihr in wenigen Monden hier leiblich erstarkt seid und manche Eurer wilden Gewohnheiten abgelegt habt.

Bugslaff. Wirklich?

Massow. Sie hält es aber jetzt an der Zeit, Euch einen Aufenthalt anzuweisen, der besser, als ein armseliges Dorf, ge=
20 eignet wäre, Eure fürstlichen Anlagen auszubilden.

Bugslaff. Wär's möglich? Sie gäbe endlich meinem heißesten Wunsche nach und ließe mich zu meinem Vater, in den Krieg?

Massow. Ich bedaure, daß wichtige Gründe noch
25 immer — —

Bugslaff (bitter). Ich wußt' es ja! Wichtige Gründe, in der That!

Massow. Der Hof des Königs von Polen ist es, an den die Frau Herzogin Euch zu senden wünscht.
30 **Bugslaff** (erstaunt). Wie sagt Ihr? (Die Großmutter wirft öfters einen forschenden Blick auf Bugslaff, steht während der folgenden Reden plötzlich auf und geht durch die Thür im Hintergrunde.)

Massow. Der Hof des Königs von Polen. Mit der

Absicht, Euch durch Verwilderung der Verachtung des Landes
preiszugeben, scheint es also nicht so ernst gemeint. Es soll
wenigstens am polnischen Hof etwas ritterlicher zugehen, als
bei Hans Lange in Lanzke. Man findet dort die Gesandten
5 aller Höfe, Einblick in die Welthändel, Übung in den Waffen
und — einen Flor der schönsten Frauen, der Euch für Eure
ländlichen Schäferspiele am Ende wohl entschädigen wird.

Bugslaff (geht in großer Aufregung hin und her. Massow steht
mit gelassen lauernder Miene mitten im Zimmer). (Für sich) Nach Polen!
10 Sollte ich ihm Unrecht gethan haben? — (laut) Massow, wenn
es keine neue Hinterlist wäre — es wäre das erste Gute, das
mir von Euch käme. Ihr werdet begreifen, daß ich mich
bedenken muß.

Massow. Nur nicht zu lange, muß ich bitten. Denn
15 eben jetzt bietet sich eine günstige Gelegenheit zur Reise. Der
Gesandte Dänemarks, der in Rügenwalde Eurer Frau Mutter
aufgewartet, bricht morgenden Tags wieder auf, mit einer
Sendung an den König von Polen. Er würde Euch, wie es
Eurem Range geziemt, das Geleit geben —

20 Bugslaff (für sich). An den Hof!

Massow. An diesen Hof, der nach dem des römischen
Kaisers der glänzendste und ritterlichste ist in allen Landen.

Bugslaff. Und — sogleich?

Massow. Ohne Zögern. Ich denke, hier ist nichts
25 zu überlegen. Ein Pferd ist draußen für Euch bereit.

Bugslaff. Es überstürzt mich — wahrlich, darauf
war ich nicht gefaßt. Und Vater Lange, was wird Vater
Lange — ha, da ist er selbst!

Massow (für sich). Mit diesem rechnen wir später ab.

30 ### Fünfte Szene.

Vorige. Hans Lange (tritt ein, hinter ihm die Alte, die ohne sich umzusehen
nach ihrem Spinnrad geht und es in die Kammer trägt).

Lange. Sieh eins, da ist ja der Herr Hofmarschall! (kommt mit verstellter Treuherzigkeit in den Vordergrund und begrüßt Massow) Guten Tag auch, gestrenger Herr, und willkommen in Lanzke! Wollt mal nach unserm gnädigen Junker sehen, wie ihm unser
5 Speck und unsere Klöße anschlagen? Na, wie Ihr seht, dick und fett ist er geworden. (Leise zu ihm) Mit dem übrigen, was er hier hat werden sollen, geht es man langsam; aber wenn Ihr in Jahr und Tag wiederkommt, soll er schon von meinem Großknecht nicht mehr viel zu unterscheiden sein.

10 Massow (seinen Grimm verbeißend). Schon gut, Bauer, schon gut! Wir sprechen uns ein andermal. — (zu Bugslaff) Wenn es Euer Fürstlichen Gnaden jetzt gefällig wäre —

Bugslaff (verlegen). Vater Lange —

Lange. Was macht Ihr denn für'n Gesicht, Junker?
15 He? Was ist denn passiert?

Bugslaff. Was sagst Du, ich soll fort von hier!

Lange. Sollt fort?

Bugslaff. Meine Mutter wünscht es, und ich will ihr nicht zuwider sein. Auch ist es zu meinem Besten, Vater Lange.

20 Lange. Ja so, Eure Frau Mutter; nu da wird es wohl zu Eurem Besten sein. Und wohin geht's denn, Junker?

Bugslaff. Nach Polen, Vater Lange, an den Hof des Königs, damit ich ritterlichen Brauch, Fürsten= und Frauendienst lerne. Mich dünkt, es sei Zeit dazu.

25 Lange. Frauendienst — i nu, damit könnt's wohl noch eine Weile anstehn, sollt' ich meinen. Aber was versteh' ich davon? Ich bin nur ein gemeiner Bauer, und die Frau Herzogin und der Herr Hofmarschall müssen's wohl besser wissen.

30 Bugslaff. Nun siehst Du — aber es wird mir doch schwer bei alledem.

Lange. Hm! soll wohl sein, soll wohl sein. Ihr

wart hier doch recht zufrieden. Aber freilich, der Herr Hof=
marschall —

Massow. Der Tag verstreicht, und wir müssen vor
Nacht zurück sein.

5 Lange. Heute schon? Junker — und unsere Wolfsjagd?

Bugslaff. Wahrhaftig, Massow, das hatt' ich vergessen!

Massow. Ihr werdet Wölfe genug in Polen finden.

Lange. Da hat der gestrenge Herr recht, Wölfe gibt's
die schwere Menge in den polnischen Wäldern. Aber Lachse,
10 gnädiger Herr? Wie sicht's mit dem Lachsfang aus?

Massow (vor sich hin). Verwünschter Schwätzer!

Lange (zu Bugslaff, ihm mit den Augen zublinzelnd). Habt Ihr
nicht erst gestern gesagt, Junker, Ihr möchtet für Euer Leben
gern unsern Lachsfang mitansehen? (zu Massow) Der Lachs
15 nämlich, gnädiger Herr, geht dem süßen Wasser nach, und
darum schwimmt er aus der Salzsee in die Flüsse hinauf,
und da kommt er an ein Wehr, und weil er meint, dahinter
sei das Wasser noch süßer, springt er über die Schleuse,
und da sind die Fischer nicht dumm gewesen und ·haben mit
20 einem zweiten Wehr ihm den Paß verrammelt, und da sitzt
Euch der Lachs in der Falle fest, wie in einem Fischkasten,
und so greifen sie ihrer oft bei dreihundert Stück. Ja, ja,
dem süßen Wasser nachgehn, das hat's schon manchem angethan,
(immer mit heimlichen Zeichen gegen Bugslaff) und da kann sich mancher
25 ein Exempel an nehmen, hehche!

Bugslaff. Massow, sagt meiner Mutter, ich würde
nach ihrem Willen thun, aber eine Woche wollt' ich noch hier
auf dem Dorf —

Massow. Ich bedaure, daß die Frau Herzogin auf eine
30 solche Frist nicht eingehen kann. Sie darf Euch nicht ohne
Geleit in das fremde Land reisen lassen, und diese Gelegenheit
verpaßt —

Bugslaff (der unschlüssig gestanden). Nun denn, Vater Lange, in Gottes Namen —

Lange (ärgerlich für sich). Er merkt, weiß Gott, noch immer nichts! (laut) Junker, wie weit ist es wohl bis nach Polen?

5 Massow. Was geht's Dich an, Bauer? Was schwatzest Du immer dazwischen?

Lange. Ich meine bloß, gnädiger Herr, von wegen der Nachrichten aus Wolgast, wie lange die Zeit brauchen, bis sie nach Polen kommen.

10 Massow (zusammenfahrend). Was soll das?

Lange. J nu, von wegen unserm Junker seinem Herrn Vater, der soll ja auf den Tod verwundet in Wolgast liegen.

Massow. Teufel! Wer hat das —

Bugslaff. Was hör' ich? Mein Vater verwundet, und 15 das sagst Du mir erst jetzt so zufällig, wie die erste beste Neuigkeit? Wann — wie —

Lange. Ich selber habe es ja eben erst ganz zufällig erfahren.

Bugslaff. Von wem?

20 Lange. Von dem Reitknecht des Herrn Hofmarschall, draußen bei den Pferden.

Massow (für sich). Die Peitsche dem Buben!

Bugslaff. Massow, steht mir Rede: Ist es wahr, daß mein Vater —

25 Massow. Ein Gerücht, wie ihrer Hunderte in Kriegs- zeiten umlaufen. Wollt Ihr hinhorchen, was die Troßbuben schwatzen?

Bugslaff. Massow, Du leugnest mir's nicht ab. Das Leben meines Vaters ist in Gefahr.

30 Massow. Eines jeden Leben und Tod steht in der Hand des Herrn.

Bugslaff. Nicht ausgewichen mit elenden Zweideutig=
keiten! Ha, ich durchschaue das ganze Spiel!

Lange. Na Gott sei Dank!

Bugslaff. Mein Vater am Tod, da war ich natürlich
5 im Wege. Fort mußt' ich, am liebsten an der Welt Ende,
damit Herr von Massow hinter meinem Rücken die Karten
nach Belieben mischen konnte. Fort mußt' ich, damit Herr
von Massow —

Massow. Ich bin nicht gewohnt, Beleidigungen hin=
10 zunehmen, und dulde eine solche Sprache von niemand, selbst
nicht —

Bugslaff. Von Deinem Herrn und Herzog?

Lange (leise zu ihm). Ruhig Blut, Junker!

Massow. Niemand hat mir zu gebieten, als meine
15 gnädige Frau, die auch Eure Herrin ist, und Euch hiermit
anbefehlen läßt, Euch auf morgen zur Reise nach Polen bereit
zu halten, wo nicht —

Bugslaff. Ihr droht, Sinnloser?

Massow (plötzlich kalt werdend). Ich drohe niemals. Ich
20 handle. Ihr kennt meinen Auftrag. Was soll ich Eurer
Mutter melden? —

Bugslaff (nach Worten ringend, in höchster Aufregung). Meldet
ihr —

Lange (ihn am Ärmel zupfend). Junker, Ihr werdet doch
25 Eurer eignen Mutter nicht —

Bugslaff. Hast recht, Vater Lange. Geht, reitet heim,
Massow. Sagt in Rügenwalde, der Lachs gehe diesmal nicht
dem süßen Wasser nach, er wolle noch in der Salzsee bleiben,
die bittrer schmecke, aber keine Untiefen und Fallen habe.
30 Und weiter sagt —

Lange (zupft ihn am Ärmel). Die Lachse sind stumm, Junker.

Bugslaff (besinnt sich, gibt ihm die Hand). Ich danke Dir,

Alter! — Glück auf die Reise, Herr von Massow! (Er winkt Massow mit der Hand, als wenn er ihn entließe, und geht in die Nebenkammer zur Rechten.)

Massow (sprachlos vor Wut, dann mit einem durchbohrenden Blick auf
5 den Bauern). Nur zu! —. Auch meinen Dank, Bauer, werde ich nicht schuldig bleiben. (Wendet sich nach der Thür.)

Lange (ihm folgend, mit ruhiger Behaglichkeit, als ob er ihn nicht verstünde). Nicht Ursach, gnädiger Herr. Ist alles recht gerne geschehn. Und wenn der Bauer dem gestrengen Herrn sonst
10 mit etwas dienen kann — —

Massow (geht hinaus, schlägt die Thür zwischen ihnen zu).

Lange (ruhig sich umblickend). Na nu wird's ernsthaft. He=hehe, da zieht der Fischer ab mit dem leeren Netz, und der Lachs lacht ihn aus. Ja Fischefangen und Vogelstellen, wer's
15 nicht versteht, der wird sich prellen. Hehehe! Muß doch nach meinem Junker sehn. Junker! Junker!

Sechste Szene.
Lange. Bugslaff (wieder hereintretend).

Bugslaff. Ist die Luft rein?
20 Lange. Es riecht bloß nach Schwefel!

Bugslaff. O wie mir wohl ist, daß ich's endlich von der Seele habe, daß er's hat hören müssen, was mir jahrelang — (sieht Lange an, der ganz still im Vordergrund steht). Vater Lange, Du schüttelst den Kopf. Hab' ich meine Sache denn nicht
25 gut gemacht?

Lange. Wenn's Eure Absicht war, Euch die Schlinge erst recht um den Hals zu ziehn, dann habt Ihr's ganz wacker gemacht, Junker; sonsten aber — spottschlecht!

Bugslaff. Das Blut kochte mir über, ich konnt's nicht
30 bändigen.

Lange. Hm! Ich bin man ein armer Bauer, aber ich

habe immer gehört, wer Land und Leute regieren will, muß
sich erst selber regieren können.

Bugslaff. Schilt mich nicht, Alter. Es ist mir wie
ein Gift, wenn ich sein Gesicht sehen muß — (für sich) das
5 Gesicht des Erzfeindes, um den meine Mutter ihren eignen
Gatten —

Lange. So? Und die Lockspeise, der polnische Hof und
die schönen Weiber — haben die das Gift auf einmal süß
gemacht, Junker, he?

10 Bugslaff (verwirrt). Vater Lange —

Lange. Na 's ist menschlich. Hans Lange war auch
mal jung und ist dem süßen Wasser nachgegangen. Und Ihr
seid ein geborner Prinz, da liegt's schon im Blut. Aber jetzt
— Euer Herr Vater —

15 Bugslaff. Ich muß hin, ich muß nach Wolgast.

Lange. Sachte, mein Sohn; da wird der Herr von
Massow wohl einen Riegel vorschieben. Und wenn Ihr auch
allein durchkämt, könntet Ihr Eurem Herrn Vater doch bluts=
wenig nützen. Aber wie wär's, wenn Ihr ihm was mit=
20 brächtet?

Bugslaff. Was meinst Du?

Lange. Das Land, mein' ich, ganz Hinterpommern,
oder doch ein rechtschaffenes Stück davon, soviel noch Ehre
im Leibe hat und seinem rechten Herrn die Treue hält.

25 Bugslaff. Wie soll mir so Großes gelingen!

Lange (feierlich). Der alte Gott lebt noch. Hast Du
Mut, Junker?

Bugslaff. Mut? Kopf und Herz zum Zerspringen voll.

Lange. Schön, mein Sohn. So spreche auch ich Dich
30 heute mündig. Zieh hinaus und zeige der Welt, daß Du
Dein Brot in Lanzke nicht mit Sünden gegessen hast. Du

haſt was am nötigſten iſt: gutes Recht und guten Mut. Was
weiter noch fehlt, dafür wird der da oben ſorgen!

Bugslaff (ihm an den Hals ſtürzend). Vater Lange!

Lange. Närriſcher Junge! Was zum Kuckuck ficht
5 Euch an?

Bugslaff. Wie ſoll ich's Euch jemals danken! —

Lange. Dummes Zeug! Wenn Ihr's aber durchaus
nicht laſſen könnt, bringt's bei Mutter an. Denn ohne die
alte Frau wär't Ihr jetzt unterwegs nach Polen, oder wo der
10 Pfeffer wächſt. Ja die Weibsleute! Wenn unſerm Herrgott
mal von Hunderten eine gerät, dann iſt es auch danach, dann
taugt ſie hundertmal mehr, wie der beſte Mann!

(Vorhang fällt.)

Dritter Akt.

Erſte Szene.

(Von rechts her hört man ab und zu das Geräuſch eines Feſtgelages, Gläſerklingen,
Lachen und Sprechen.) Maſſow (ſteht mitten im Zimmer). Achim (bewaff=
net, kommt von rechts).

20 Maſſow. Haſt Du ihr den Brief gegeben, Achim?

Achim. Die Frau Herzogin nahm ihn mir aus der
Hand und wurde blaß, als ahnte ſie ſchon, was drin ſteht.
Aber ſie antwortete erſt dem Herrn von Krokow auf eine
Frage, dann winkte ſie mir zu gehen.

25 Maſſow. Gut. Und jetzt, Achim, aufgeſeſſen und nimm
zehn oder zwölf ſichre Männer mit. Wenn ihr gut austrabt,
ſeid ihr vor Nacht an Ort und Stelle. Meinen ſchriftlichen
Befehl für den Notfall —

Achim (unters Koller fassend). Wohl verwahrt, Gnaden Herr Hofmarschall.

Massow. Eil Dich! wir werden Dir's nicht vergessen, wenn Du Dich wacker hältst. (Achim mit einem Kopfnicken ab.)

5 Massow (allein). Es ist mir wieder wohl. Die Sache nahm eine üble Wendung; von dem Bauern schmählich be= betrogen, der ganze Haß und Argwohn des Jungen auf= gestachelt, nirgend ein Anhalt, einzugreifen und dem Unwesen zu steuern. Jetzt — wo die Stunde drängt — muß es 10 selbst einem Weibe einleuchten, und hätt' es nur den zehnten Teil von dem Verstande dieses Weibes — (Die Herzogin tritt ein, langsam, den Brief in der schlaff herabhängenden Hand.)

Massow (nach einer Pause). Ihr habt gelesen?

Herzogin. Tot! Ich dachte nicht, daß mich das Wort 15 so bewegen würde. — Tot! Dem ich meine Jugend gab, der mich erniedrigen, mich knechten wollte, dessen Tod mich befreit — und dennoch jetzt so elend macht! (die Arme kreuzend, hin und her gehend, ohne Massow zu beachten). Ich kann nicht weinen um ihn — wer erwartet auch Thränen von mir? Aber daß 20 ich auch nicht froh sein kann, mich nicht erlöst und errettet fühlen, das ist doch seltsam. Nicht wahr, Massow? (ohne ihn anzusehen).

Massow. Wer überlebt, ist Sieger, und der Sieg macht großmütig. Erinnert Euch —

Herzogin. Ich erinnere mich an alles; wie er an= 25 fangs mir gleich einem Kinde begegnete, dann, als er meinen reifen Willen erkannt hatte, ihn zu brechen suchte, wie er mir den Schatz meines königlichen Vaters abforderte, und da ich ihn weigerte, mich in den Turm schloß, daß ich ohne Euch dort Jahr um Jahr verschmachtet hätte — alles, alles, steht 30 vor mir; und doch — ich gäbe diese Hand darum, wenn ich an seinem Wundbette gestanden, ihm das Kissen gerückt und einen kühlen Trank gereicht hätte.

Massow (kalt). Ihr seid eine Heilige.

Herzogin. Nein; aber ich war sein Weib. (Pause.)

Massow. Und wie stellt Ihr Euch die Zukunft vor?

Herzogin. Denkt einstweilen für mich voraus. Mein
5 Haupt ist müde vom Rückdenken.

Massow. Ich habe gedacht. Ehe der Tag sinkt, steht
mein Bote vor Eurem Sohn und ladt ihn ein, sich nach
Rügenwalde zu seiner Mutter zu begeben, der Regentin
von Pommern.

10 Herzogin. Massow, was habt Ihr gewagt? Er ist
großjährig. Er wird nicht kommen, kaum zu der Mutter,
zu der Regentin gewiß nicht.

Massow. So dacht' ich auch. Darum wird mein Bote
von Gewappneten begleitet, die ihn, wollend oder nicht, vor
15 Euer Angesicht führen sollen, damit er lerne, daß es ihm
zukommt zu gehorchen.

Herzogin. Gewalt?

Massow. Die heilsamste. Oder hofft Ihr noch etwas
von Güte und Vernunft?

20 Herzogin. Er hat das Recht.

Massow. Hat der ein Recht, der nichts sehnlicher
wünscht, als es zu mißbrauchen? Ihr kennt ihn und wißt, ihn
regiert seines Vaters Geist. Am ersten Tage, wo die Macht
ihm zufällt, seid Ihr eine Bettlerin, die dem Himmel danken
25 muß, wenn eine Klosterthür sich vor ihr aufthut, und ich —
ein Fraß der Vögel oder Fische.

Herzogin (erschreckend). Massow!

Massow. Ich kenne Eure Neigungen nicht so ganz.
Wollt Ihr das Kreuz der Heiligen auf Eure Schulter laden,
30 so bestätigt ihn in dem, was Ihr sein Recht nennt. Ob es
klug, ob es gegen das Land recht gehandelt ist, entscheidet

selbst. Daß ich es nicht um Euch verdient habe, werdet Ihr nicht streiten.

Herzogin. Daß Du recht haben mußt!

Massow. Und nun die Kehrseite der Münze: Er wird
5 hierher gebracht und, wenn er sich sträubt, in Gewahrsam gehalten, bis Ritterschaft und Landtag in dieser Sache gesprochen haben. Wer zweifelt, daß sie das Regiment lieber einer erprobten, durch Leid und Leben gestählten Fürstin anvertrauen werden, als einem zügellosen Prinzen, der bisher
10 nur Proben aller Untugenden gegeben hat?

Herzogin. Das alte Recht ist dennoch eine Macht, die selbst eine so haltlose Jugend, wie die meines Sohnes, stützen kann.

Massow. Hört Ihr die Stimmen drin an der Tafel, „Hoch unsere Herzogin!" —? Ihr seid noch ein schönes Weib,
15 Fürstin. In jenem Gemach ist Keiner, der nicht den Ehrgeiz fühlte, Herzog Erichs Stelle einzunehmen.

Herzogin. Ich erkenne Deine Treue. Aber meine Seele ahnt Böses von diesem Schritt.

Massow. So folgt Eurer Ahnung und begrüßt Euren
20 Sohn, wenn er hierher kommt, mit Ewald von Massows blutigem Haupt. Vielleicht daß Euch dann das Kloster erspart bleibt. (Pause.) (Hochrufe im Nebenzimmer. Becherklang.)

Massow. Und ist es denn nicht zu seinem Besten? Wenn Ihr ihn nach Polen schickt, handelt Ihr so unmütter-
25 lich, und bleibt das Land ihm nicht aufgehoben, bis er es mit reiferer Einsicht regieren kann? Ja, was ihm nicht gelänge, dem pommerschen Greifen eine Königskrone aufzusetzen, sollt' es Euch im Laufe der Zeit nicht glücken, der Königstochter, der reichsten Fürstin des Nordens? Und dann, wenn
30 die Zeit gekommen wäre, und Ihr wäret der Herrschaft müde und riefet ihn zurück, müßte er nicht Eure Weisheit preisen, die ihm jetzt freilich — —

Zweite Szene.

Vorige. Jürgen Krokow (von rechts).

Krokow. Sie schicken mich heraus, um zu sehen — aber welche Gesichter? Gnädige Fürstin — Massow —

5 **Massow.** Ihr steht vor einer Trauernden. Herzog Erich ist vor dreien Tagen an seinen Wunden verschieden.

Krokow. Gott sei seiner Seele gnädig! (steht erschüttert).

Herzogin (richtet sich plötzlich auf und verläßt langsam das Gemach durch die Thür zur Linken).

10 **Krokow.** Weiß der junge Herzog —?

Massow. Vetter Jürgen, Ihr habt einen hellen Kopf, und der Wein pflegt ihn nicht so bald zu verdunkeln.

Krokow. Sankt Jürgen und Drachenblut! Ihr habt recht, Massow. Vorgestern erst, als wir Hans Borcken auf

15 Gartz ins Brautbett halfen, hab' ich Euch die andern Kumpane sämtlich wie ersoffene Ratten daliegen sehen, und ich saß noch aufrecht und konnte das Licht aus freier Hand schneuzen.

Massow. Ihr habt Einsichten und denkt über den Lauf

20 der Welt nach.

Krokow. Im Katzenjammer, Vetter; sonst — hol' mich der Lindwurm! lauf' ich eben der Welt nach, wie sie läuft.

Massow. Ihr liebt es, Eure Verdienste zu verkleinern. Ihr seid ein politischer Kopf.

25 **Krokow.** Nee, Massow, ein guter Pommer bin ich, weiter nichts. Mit zehnen mich schlagen und zwanzig unter den Tisch zechen; aber Pfiffe und Kniffe — —

Massow. Ich nehme Euch beim Wort. Als ein guter Pommer werdet Ihr Euch schon einmal Gedanken gemacht

30 haben, wie es werden soll, wenn Herzog Erich die Augen schließt.

Krokow. Ich? Niemals. Nee, Massow, unnütze Gedanken mache ich mir mein Lebtag nicht.

Massow. Unnütze?

Krokow. Nu ja, die Erbfolge —

5 Massow. Hm!

Krokow. Die ist doch so klipp und klar, daß ein Kind —

Massow. Ein Kind? Mag sein. Aber reife Männer, Jürgen! Es gibt Fälle, wo das klare Recht das bare Unrecht wird.

10 Krokow. Das ist mir zu spitz, Vetter.

Massow. Es sticht in die Augen. Soll der Adel des Landes, die Stände, die Städte — sollen sie nicht nach dem Besten des Landes sehen?

Krokow. Gut wär's, wenn sie's thäten.

15 Massow. Nun, Jürgen: Ihr habt selbst gesehen, wie es um den beschaffen ist, der das sogenannte klare Recht aufs Regiment hätte. Denkt an den Markttag, wo Junker Bugslaff —

Krokow. Das muß wahr sein, Massow, für einen angehenden Herzog hatte er damals verdammt wenig Lebensart.
20 Steckt er denn noch immer auf dem Dorf?

Massow. Er will nicht weg von jenem gemeinen Bauern, da ist ihm unter Schafknechten und Melkdirnen wohl, da braucht er seinen fürstlichen Neigungen keinen Zwang anzuthun.

Krokow. Ein schönes Früchtchen. Aber Herzog ist er doch.

25 Massow. Ist er's schon?

Krokow. Er wird's.

Massow. Muß er's werden?

Krokow. Nu, Vetter, wer will ihn hindern? Ist er nicht großjährig?

30 Massow (nimmt ihn vertraulich beim Arm). Vetter Jürgen, spricht so ein Staatsmann? Oder auch nur ein guter Pommer? Was? einem bösen, gewaltthätigen Knaben —

5

Krokow. Herzog ist er doch!

Massow. — Der sein selber nicht Herr ist, der den Seinen nichts wie Sorg' und Unehre macht, — dem sollte man Land und Leute anvertrauen?

5 Krokow. Herzog ist er doch!

Massow. Und in so gefährlichen Zeitläuften voller Fehden und Wirrnissen, und es darauf ankommen lassen, daß er uns alle zu Grunde richtet und in Schande stürzt?

Krokow. Herzog ist er doch!

10 Massow (stampft mit dem Fuß). Er ist es nicht, sag' ich, wenn wir Männer sind und gute Pommern.

Krokow. Ihr werdet hitzig, Vetter. Ich streite nicht gern nach Tische. Also lassen wir das gut sein. Aber wenn er's nicht wird — wer ist es denn?

15 Massow. Habt Ihr Euch weit umzusehen?

Krokow. Na, Vetter, ich will doch nicht hoffen — (ihn groß ansehend).

Massow. Bei wem seid Ihr hier zu Gast? Wessen hoher Geist und fürstliche Kraft hat euch alle schon längst 20 Ehrfurcht und Bewunderung abgewonnen?

Krokow. Ah so, ich merke was. Ihr zielt auf die Herzogin. Das ist was anders. Ich dachte wahrhaftig schon, Vetter, Ihr selber —

Massow. Begreift Ihr endlich? In zwei Worten: 25 Wenn wir gute Pommern sind, huldigen wir der Herzogin als Regentin des Landes, bis der verlorne Sohn, der draußen in Lanzke die Schweine hütet —

Krokow. Hahaha! Ihr seid lustig, Massow. Ein kapitaler Witz. Na, und Ihr glaubt wirklich, daß der Adel — 30 (Ein Diener von rechts.)

Diener. Die Frau Herzogin entbietet den Herrn Hofmarschall sogleich in ihr Gemach.

Maſſow. Ich komme. (Diener ab.) Krokow, ich habe auf Euch gerechnet; daß Euch die Sache alsbald einleuchten würde, habe ich nicht bezweifelt.

Krokow. Ja, ja, wir Staatsmänner!

5 Maſſow. Sie geben was auf Eure Meinung. Ihr begreift, daß ich ſelbſt ihnen den Vorſchlag nicht füglich machen kann. Ich ſtehe ihrer fürſtlichen Gnaden zu nah.

Krokow. Und habt bei dem verlornen Sohn den Hof= meiſter gemacht, hahaha, allen Reſpekt vor Eurer Erziehung!

10 Maſſow (die Lippen beißend). Wenn Ihr ihnen aber die Sache in der rechten Weiſe vorſtellt — es muß ihnen klar werden.

Krokow. J, wie ſollte es nicht? Das kann ja ein Blinder mit Händen greifen.

Maſſow. Und denkt, daß Ihr die Herzogin Euch für immer 15 verpflichtet, wenn Ihr dieſe heikle Sache nach Wunſch durchführt.

Krokow. Heikel — das muß wahr ſein. ’s iſt doch immer ihr eigener Sohn. Na, Maſſow, was an mir liegt —

Maſſow. Ich wußt’ es wohl. Schlagt ein, Ihr ſeid —

Krokow. Ein guter Pommer, Maſſow, nichts weiter. 20 Was ſoll der Handſchlag? Ein Pommer thut, was er kann.

Maſſow. Ich verlaſſe mich drauf. Und verliert keine Zeit. Es iſt gerade da drüben die beſte Stimmung; laßt ſie nicht unbenußt. Ich bin bald wieder bei Euch. (Geht nach links ab.)

Dritte Szene.

25 Krokow (allein, dann) Joachim Dewiß und Hans Putkammer.

Krokow (ihm nachſehend, für ſich). Die beſte Stimmung, dem guten alten Recht übers Ohr zu hauen? Ja wohl, Vetter, dazu ſind Kerls, die friſch vom Becher kommen, die rechten Leute. Aha, Frau Herzogin, darum der Regen von Malvaſier und 30 den Spieß in der Küche mit Rehziemern nicht kalt werden laſſen? Mit Speck fängt man Mäuſe; aber eine Maus, die

einen politischen Kopf hat, weiß, daß sie vor die Katze muß,
wenn sie angebissen hat. Tausend Schock Höllenhunde, da
spräng' ich ja lieber St. Jürgens Lindwurm mitten in den
Rachen, als daß ich diesem Massow, dieser Kröte — Dewitz und
5 Putkammer (von rechts).

Dewitz.   Wo zum Teufel steckst Du, Bruder Jürgen?

Putkammer.   Da steht er, straf' mich der Leibhaftige!
und spricht mit seinen zehn Fingern.

Dewitz.   Herein, Krokow! Der Kellermeister bringt eben
10 den Humpen ohne Boden mit dem spanischen Wein, und Peter
Zastrow hat Würfel bestellt.

Krokow.   Ihr kommt gerade recht.   Knöpft einmal
Eure Ohren auf und laßt Euch sagen —

Dewitz.   Was Du willst, Bruder; aber nicht im Stehen.
15 (Sinkt schwerfällig in einen Sessel.)

Putkammer (lachend).   Sein wackliges Gestell hat ein Faß
von zwei Oxhoft zu tragen.   Hahaha!

Krokow.   Laßt die schlechten Witze, die Sache ist außer Spaß.

Dewitz.   So wollen wir sie auf morgen lassen.   Nicht
20 wahr, Hans?

Krokow.   Sie wartet nicht, bis ihr euren Rausch aus-
geschlafen habt; sie wird euch aber schon nüchtern machen:
(tritt dicht an sie heran) Herzog Erich ist tot, die Witwe will ans
Regiment, Bugslaff soll ausgethan werden.

25 Putkammer.   Krokow!

Dewitz.   Himmeldonnerwetter! Wer sagt das?

Krokow.   Er selbst, der dahinter steckt, der so schlau ist,
daß er alle Christenmenschen für Esel hält, der Massow! Begreift Ihr? Treibt Euch die Zeitung den Dampf aus dem Schädel.

30 Putkammer.   Wird nicht so heiß ausgegessen, wie er's
uns einbrocken will.   Die Herzogin ans Regiment? Das
hieße so viel wie —

Krokow. Von Massows Gnaden! Hast recht, Hans! Ich sehe, ich bin nicht allein ein politischer Kopf.

Dewitz. Mir ist ganz übel und flau geworden auf den Schreck.

5 Putkammer. Und das hat er Dir gesagt?

Krokow. Rund heraus, und ich sollt's den andern beibringen, versteht sich, so um die Ecke, wie's jedem am besten eininge. Und er war euch wie Öl.

Putkammer. Der Essig wird hinterdrein kommen.

10 Dewitz. Kann nicht fehlen. Ich hab' dem Ewald nie über den Weg getraut.

Putkammer. Und was nun?

Krokow. Was ich thu', weiß ich. In den Stall hinunter, meine Stute gesattelt und fort. Eh ich der Herzogin
15 huldigte, will sagen, dem Schleicher, dem Massow, eh soll mich —

Dewitz (schwerfällig aufstehend). Nimm mich mit, Bruderherz. Ich kann, straf' mich Gott! nicht allein in den Sattel. Du mußt mich oben festbinden.

20 Putkammer. Und die andern?

Dewitz. Die können vor vierundzwanzig Stunden auf keinen Gaul.

Krokow. Laßt sie liegen und sich selber raten. Wenn wir bei den Nachbarn herumreiten und sie aufstiften gegen
25 diese gottverdammte Felonie, mag der Zastrow und Zitzewitz und Gerdt Manteufel dem Fuchs in den Bau gehen — sie können nichts mehr schaden, die andern stehen zu Bugslaff. (Im Abgehen.)

Dewitz. Wo steckt das Früchtchen jetzt?

30 Krokow. Aufm Dorf, Bruder Joachim. Er wird sich schon melden. Und wenn er zehnmal, Dank seinem Herrn Hofmeister, ein Taugenichts wäre, ich bin ein guter Pommer,

und das seid Ihr auch, und ein Hundsfott, wer nicht zu Bugslaff hält, denn (nach der Thür hin sprechend, durch die Massow hinausgegangen) mag es politisch sein oder nicht — Herzog ist er doch! (Führt Dewitz hinaus, Puttammer ist vorangegangen.)

Verwandlung.
(Bauernstube in Lanzke, wie im zweiten Akt.)

Vierte Szene.
(Aus der Kammer rechts kommen) Bugslaff (zur Reise gerüstet, in einem Bauernwams, hinter ihm) Hans Lange. (Zugleich öffnet sich die Thür gegenüber und die) Großmutter (am Stock, und) Dörte (treten ein).

Bugslaff. Ist der Peter fertig?

Lange. Er hält im Hof mit den Pferden. Aber ich bitt' Euch nochmal, lieber Junker, wenn Ihr in einen Hinterhalt fallen solltet, zieht nicht vom Leder, sondern gebt Euerm Tier kalt Eisen in die Rippen und fort — hast du nicht gesehn! Ich habe Euch den Schecken, den Zornebock, gesattelt, und, das wißt Ihr wohl, der läuft mit einer Stückkugel in die Wette. Aber Fechten hält auf.

Bugslaff. Sei ohne Sorge.

Lange. Nee, Junker, das bin ich ganz und gar nicht. Ihr seid zu hitzig und wollt immer mit dem Kopfe durch die Wand. Aber wenn Ihr bei Herrn Otto von Wedel nicht ein handfest Geleit, so ein Stücker zwanzig Helme, auftreiben könnt, so scheut den Umweg nicht über Malchow zu Kurt Flemmingen, der, wie sie sagen, dem Massow auch nicht grün ist und Euch wohl gerne gegen ihn hilft.

Bugslaff. Es brennt mir unter den Sohlen. — Dörte, leb wohl!

Lange. Die Dirne steht ja wie Butter an der Sonne. Hast Du den Kober gefüllt?

Dörte. Die Flasche auch, der Peter hat's — ach, Junker, Ihr kommt nimmer wieder nach Lanzke!

Lange. Narrheiten! Die Wölfin wartet ja auf ihn; die wird er doch nicht sitzen lassen.

Bugslaff. Dörte, gieb mir Deine Hand. Mir ist sehr wohl bei euch gewesen. Jetzt aber denke ich nur eins: 5 Mein Vater liegt auf den Tod, und ich bin nicht bei ihm. — Großmutter, es geht fort.

Gertrud (vor sich hin nickend). Ja ja ja! Die Menschen bleiben nicht beisammen. Meinen Kasper selig hab' ich fortgehen sehn, und dann den Fritz und den Veit und die Anne, 10 und sie sollen noch wiederkommen. Aber sie werden sich bedanken. Die sind, wo es besser ist, als hier unten, die sitzen warm, und wir alten Leute kriechen noch herum, und die Kniee wollen nicht mehr vom Fleck; — aber wie Gott will, wie Gott will!

15 Lange (ihr ins Ohr). Der Junker muß fort, er will Euch Adjes sagen, Mutter.

Gertrud. Weiß schon, Hänschen, weiß schon. Ich höre ganz gut. Na, er soll den gnädigen Herrn Vater schön grüßen, ich habe ihn wohl gekannt, wie er noch nicht höher 20 war, als mein Stock, da ritt er einmal durch Lanzke auf einem großen Pferde, und mein Kasper selig sagte noch —

Lange. Mutter, unser Junker hat's eilig.

Bugslaff. Gebt mir Euren Segen mit auf den Weg, Großmutter!

25 Gertrud. Wie sagt der Junker?

Lange. Ihr sollt ihn segnen, Mutter.

Gertrud. Das kann ich wohl thun. Wer schon mit einem Fuß im Grabe steht, der kann wohl so einem Kiek-in-die-Welt die Hand auflegen und sagen: Unser Herrgott laß' es 30 Dir wohl gehen, mein Sohn! (Bugslaff beugt ein Knie vor ihr, sie legt ihm die Hand auf.) Mach Deine Sache gut, und unser lieber

Heiland soll seine Hand über Dir halten und Dich segnen und behüten auf all Deinen Wegen!

Bugslaff. Amen, Großmutter, Amen! Dank, Dank euch allen! (springt auf) Lebt wohl!

5 ## Fünfte Szene.

(Indem er hinaus will, treten durch die Thür im Hintergrunde ein) Henoch (ein Bündel auf dem Rücken) und Henning.

Lange. Was den Teufel, Henoch —

Henning. Ja, da haben wir die Bescherung.

10 Bugslaff. Was ist geschehen?

Henning. Mit dem Reiten ist es nichts. Sie sind ihm schon auf dem Strich.

Lange. Wer?

Henning. Na, das wird Henoch wohl sagen. Henning

15 ist man ein Großknecht, der gehört nicht unter Herren und Juden und hohe Herrschaften (wirft Dörte einen Blick zu und geht brummend ab).

Bugslaff. Wer soll mich hindern —?

Lange (zu Henoch, der atemlos auf den Großvaterstuhl gesunken ist).

20 Mach endlich das Maul auf, Henoch. Was hat Dich so her=gesprengt?

Henoch. So wahr Gott lebt, ich zittre und bebe, wie ein Weib in Kindsnöten. Gebt mir Wasser! (Dörte läuft zum Herd, schenkt ihm Wasser in ein hölzernes Gefäß.) Ich bin gewesen in

25 Rützenhagen, da hab' ich gehandelt um eine Koppel Pferde, und wie ich bin in den Krug gegangen — denn ich hatte seit sechs Stund nichts über die Lippen gebracht — (Gott segne Dich, mein gutes Kind! (trinkt) — und sie hatten nichts als vom Schwein, und so hab' ich gemeint, gut geschlafen ist halb

30 gegessen, und bin geklettert auf den Boden, und hab' meine Gebete gesprochen und gedacht: Henoch, hab' ich gedacht —

Bugslaff. Ein andermal Deine Gedanken, Jud! Geschwind, was ist weiter geschehen?

Henoch. Was geschehen ist? Was soll geschehen, wenn ein böser Herr, wie der Herr von Massow, im Lande regiert 5 über Christen und Juden? Gottes Wunder, daß ich noch hab' meinen Kopf auf meine Schultern!

Bugslaff. Wirst Du Deine verdammten Umschweife —

Lange. Stille, Junker! Wenn Ihr ihn erschreckt, rührt ihn der Schlag, und dann wissen wir ebensoviel. Henoch, 10 wie ist's? Reiter sind um den Weg, Kriegsknechte des Herrn von Massow?

Henoch (nicht ängstlich). Zwölf — vierzehn — funfzehn, grausames Volk! Sind sie gekommen in die Schenkstube, haben sie bestellt Haber für die Pferde und Branntwein für sich 15 und der Henoch hat gehört, wie der eine hat gesagt zum andern: Wenn er nicht gutwillig mitkommt, müssen wir uns über ihn werfen und ihn aufs Pferd schleppen.

Dörte. Allmächtiger Gott!

Henoch. Hat der andre gesagt: Ist aber doch unser 20 junger Herr; kann uns schlecht bekommen, später einmal. — Hat der erste wieder gelacht und gesagt: Später? Eselskopf! das ist dem Massow seine Sache, aus später zu machen nimmermehr. Der ist der Herr, seitdem der Herzog Erich in Wolgast gestorben ist.

25 **Bugslaff.** Mein Vater — tot! (Drückt die Hände vors Gesicht.) (Pause.) (Lange tritt zu Bugslaff und legt ihm treuherzig die Hand auf die Schulter.)

Henoch. Und da ist der Henoch, ob er nur ein armer Jüd ist, ist er gekrochen auf Händen und Füßen über den 30 Boden weg bis an die Hühnerstiege, und da hat er hinunterklettern gewollt, und ist die Stiege gebrochen und er ist gefallen 'runter, aber Gott hat ihn lassen leben, und er hat sich

gesputet, daß er vor den Pferden nach Lanzke gekommen ist,
um den Junker zu warnen, daß er nicht fällt in die Hände
der Rotte Korah und der barmherzige Gott ihn erhalten möge
hundert Jahr! (Nähert sich demütig Bugslaff und küßt ihm den Saum am
5 Wams.)

    Bugslaff. Ich dank' Dir, Henoch. Will Dir's nicht
vergessen. Aber jetzt auf und fort!

    Lange. Wohin, Junker? Wenn sie droben schon den Weg
heruntertraben, das Land ist ja flach wie meine Hand, meint
10 Ihr, sie sehen Euch nicht, und ihrer fünfzehn werden Euch
nicht den Weg verrennen?

    Bugslaff. Ich kenne mein Pferd.

    Lange. Sie werden auch nicht die lahmsten Klepper
reiten. Nee, Junker, dahinaus nicht. Die Thür hat der Teufel
15 vernagelt.

    Dörte. Wir müssen ihn im Haus verstecken.

    Lange. So pfiffig werden sie auch wohl sein, jedes Bund
Stroh umzukehren. Junker, wißt Ihr was? Zieht dem Henoch
seinen langen Kittel an und dann legt Euch da auf die Bank
20 und — hast Du nicht einen Sohn, Henoch?

    Bugslaff. Elender Mummenschanz! Nein, ich thu's
nicht! Lieber mit Sensen und Knitteln drauf und drein —

    Lange. Daß sie uns hier alle zu Schanden schlügen?
Merkt Euch, Junker: Worüber man nicht springen kann, da
25 muß man unterwegkriechen. Wißt Ihr nicht, daß es Kriegslisten in der Welt gibt? Also geschwind, Henoch!

    Henoch. Mein, bin ich ein armer Jüd und ist mein
Kittel nicht gemacht für so einen Herrn. Aber da im Packen
(bindet ihn eilig auf) — hab' ich doch gekauft in Rügenwalde einen
30 Rock für meinen Schwager Isaak, neu aus dem Laden — und
eine Mütze — und —

    Lange. Kommt, Junker! (Zieht ihm den Rock an.) Seht Ihr

wohl, man muß keine Kreatur unseres Hergotts verachten, und wär's auch bloß ein armer Jude, der das Geld scheffelweise im Keller hat. So! Nu die Mütze auf. (Dörte läuft an den Herd, nimmt eine Kohle und schwärzt ihm die Augenbrauen.) Mach's nicht zu

5 toll, Dörte! Und nun legt Euch da in den Winkel, 's ist gott= lob schon recht duster, und wenn sie Euch fragen, mauschelt Ihr was zusammen, das übrige wollen wir schon besorgen, daß sie mit langer Nase abziehen sollen.

Henoch. Gottes Wunder, sieht der Junker doch aus wie
10 Gideon oder König David selbst! (Bugslaff streckt sich hinter den Tisch auf die Bank am Fenster, Henoch setzt sich ihm gegenüber, den Rücken den übrigen zugekehrt, legt den Kopf in die Arme.)

Lange. Da trappen weiß Gott die Pferde schon in den Hof. Na, wir sind fertig. Es kann immer anfangen.

15 Dörte. Mir zittern die Kniee.

Lange. Du wirst doch wohl den Kopf oben behalten, Dirne?

Dörte. Ihr sollt Euch nicht über mich beklagen, Vater. Aber wenn sie nun die ganze Nacht hier bleiben?

20 Lange. Wir thun, was wir können, Dörte. Der da oben (in die Höhe deutend) will auch noch was übrig behalten.

Sechste Szene.
Vorige. Achim mit vier Bewaffneten (tritt ein).

Achim (in der Thür). Heinrich, Lütke und Degener reiten
25 ums Gehöft, Franz und Peter Büßow aus Hofthor, die andern in Scheun' und Stall. — Guten Abend, Bauer! (Tritt ein.)

Lange. Großen Dank, Herr Hauptmann. Sieh eins, das ist ja schön, daß wir gerade gestern gedroschen haben. Ihr wollt gewiß Futter kaufen. He, Henning, Henning!

30 Achim (dicht an ihn herantretend). Herzog Bugslaff ist in Deinem Haus. Ruf' ihn her. Ich habe Botschaft an ihn.

Lange. Herzog Bugslaff? Nee, Herr Hauptmann, der ist nicht mehr vorhanden in Lanzke. Wird ihm sehr leid thun, aber fort ist er.

Achim. Fort?

5 Lange. Ja wohl, Herr Hauptmann. Er hat eine Wolfs=fährte gefunden, und da war er natürlich nicht zu halten; denn auf die Beester ist er Euch versessen, wie der Teufel auf die armen Seelen.

Achim. I was Du sagst!

10 Lange. Ja, ich habe ihm selbst zugeredt, er solle bis morgen warten. Aber da kennt Ihr Bugslaffen schlecht. Wir haben Mondschein, Vater Lange — denn so nennt er mich — und die Armbrust von der Wand gerissen und fort, der Tausendsackermenter.

15 Achim. Und wo ist er hin?

Lange. Wo soll er hin sein? Wo die Fährte hingeht, ins Bruch oder ins Holz, ich habe es nicht im Kopf, wo die Racker nisten. Wenn Ihr aber mitjagen wollt, — ins Bruch will ich Euch schon weisen.

20 Achim. Willst Du? Hm! Du bist ja ein ganz aus=bündiger Spitzbube von einem Hallunken.

Lange. Ich?

Achim. Ja, Du Fuchs mit dem Schafsgesicht! Meinst Du, wir kennen Dich nicht? Ins Bruch willst Du uns weisen,

25 nicht wahr, wo's so tief ist, daß Mann und Roß drin ver=saufen können?

Lange. Das wäre ja Schade um die schönen Pferde! Pfui, Herr Hauptmann, ich bin man ein schlechter Bauer, aber —

30 Achim. Aber mit allen Hunden gehetzt, ja wohl. Auf die Wolfsjagd?

Lange. Schon seit zwei Stunden.

Achim. So muß er doppelt sein. Denn vor einer halben Stunde hat ihn die alte Lise noch draußen im Hof gesehn.

Lange. Na, Dörte, da hast Du's. Ich habe Dir immer gesagt, mit Mutter Lise ist's nicht richtig, die träumt am hell=
5 lichten Tag. Die Lise nämlich, Herr Hauptmann —

Achim. Still, Schurke! Der Junker ist im Haus, sag' ich.

Lange (spielt den Beleidigten). Na, wenn er drin ist, wird er ja auch wohl 'rauszukriegen sein.

Achim. Das denk' ich auch. (Zu zweien seiner Leute.) Geht und
10 stöbert alle Winkel durch, klopft an alle Verschläge und brecht Kisten und Kasten auf.

Lange. Geh mit ihnen, Dörte, mach ihnen auch den Tischkasten auf und das Salzfaß. Und sie sollen ja in die alte Wiege gucken, die oben auf dem Boden steht.

15 Achim. Höhnst Du, Bauer? (Die zwei Bewaffneten ab, Dörte mit ihnen.)

Lange. I da soll mich unser Herrgott vor bewahren. Aber spaßhaft kommt mir's bei alledem vor. Und warum sollt' er sich verstecken? Wenn einer in ganz Hinterpommern
20 ein gutes Gewissen hat, so ist's unser Junker. Und so ein klein Kindeken ist er doch auch nicht mehr, daß er sich vor der Rute zu fürchten braucht, wenn seine Frau Mutter ihm was sagen läßt. Na, was läßt sie ihm denn eigentlich sagen?

Achim (hat sich auf den Großvaterstuhl gesetzt, Lange steht zutraulich
25 neben ihm). Brauch' ich Dir's auf die Nase zu binden, Bauer? (sich im Zimmer umsehend) Wer wohnt da drüben?

Lange. Da schläft die Großmutter, Herr Hauptmann, und meine Tochter, die Dörte.

Achim. Hinein, Philipp, und gehörig die Betten umge=
30 kehrt. (Der dritte Bewaffnete in die Kammer links.)

Lange. Immerzu! Er soll nur tüchtig in die Maus=

löcher hineinstochern. Denn Mäuse, Herr Hauptmann, die
gibt's da die schwere Menge.

Achim. Was hat das Judengesindel bei Dir zu suchen,
Bauer?

5 Lange. I kennt Ihr denn den Henoch nicht, Herr Haupt=
mann, und seinen Sohn Isaak? Der hat ja schon manche
Koppel Pferde an den Herrn Hofmarschall verkauft. Henoch!
— ich glaube gar, er schläft noch immer. Ja da seht, so
plagen sich die armen Narren; die sind heute zehn Stunden
10 von Stolpe herübergekommen, natürlich auf Schusters Rappen
und bloß für zwei Pfennige Brot im Magen, weil Fasttag ist,
und könnten sich zu Hause Lampreten auffahren lassen, und
wenn sie jede Schuppe mit einem großen Thaler bezahlen
müßten. Aber das haben sie nun dafür, daß der Judas die
15 dreißig Silberlinge —

Achim (ist aufgestanden, schlägt den gebückt dasitzenden Henoch auf die
Schulter). Holla

Henoch. Barmherzigkeit, Herr Hauptmann. Bin ich nur
ein armer Jüd- — —

20 Achim. Du wirst gespießt und gebraten, Jude, wo Du
Dich unterstehst, Flausen zu machen. Du weißt, wo der Junker
sich aufhält. Heraus mit der Sprache, oder — (zieht das
Schwert).

Henoch (fällt zitternd vor ihm auf die Kniee). Barmherzigkeit,
25 Herr, Barmherzigkeit! Ich bin unschuldig, ich und Isaak, mein
Sohn, wir sind unschuldig, wie das Lamm auf der Wiese.

Achim. Du zitterst, Jude! Du weißt Bescheid.

Henoch. Mein, soll ich nicht zittern, wenn ich soll werden
gespießt und gebraten, und der Isaak eine Waise werden, und
30 alles, weil wir sind unschuldig, wie die Blumen auf dem
Felde?

Achim. Auf der Stelle sagst Du, wo der Junker sich

aufhält, oder Du und Dein langer Lümmel von Sohn —
Heda! (er geht auf Bugslaff zu und zieht ihn am Rock) Aufgewacht, oder
das Schwert soll euch beide — (schlägt mit dem Schwert auf den
Tisch. Bugslaff macht eine hastige Bewegung).

5   Gertrud (erhebt sich plötzlich hinter dem Herde). Nu hört einmal
auf in des Herrgotts Namen mit dem Heidenlärm, versteht Ihr
mich? Ist denn plötzlich Krieg geworden, mein Sohn? Was
tobt und fuchtelt denn der Mensch da herum, daß einem das
Herz in die Kniee fällt?

10   Lange. Es macht ihm bloß Spaß, Mutter, ein paar
wehrlose Juden zu ängstigen. 's ist sonst ein recht tapferer
Herr!

       Gertrud. Die Juden soll er mir in Frieden lassen,
(droht mit dem Stock) die haben sich ihr bißken Schlaf sauer ver=
15 dient. Hört Er wohl, Herr? Man soll nicht sagen, daß die
alte Gertrud, die bald vor Gottes Thron stehen wird, es ge=
litten hat, daß man ein paar ehrlichen Juden die Seele aus
dem Leibe geängstigt hat unter ihrem eignen Dach. Nicht
wahr, Hänschen?

20   Lange. Habt recht, Mutter. Sind aber tapfere Kerls,
die Herrn Soldaten. So einem Judenjungen das Eisen in
den Leib zu rennen, das kostet sie gar nichts.

       Achim (der inzwischen das Schwert eingesteckt hat und seine Beschämung
zu verbergen sucht). Genug! Ich habe noch nicht gewußt, daß man
25 in Lanzke —

Siebente Szene.

(Von rechts treten wieder ein) Dörte und die zwei Krieger, (gleich darauf
durch die Mittelthür) zwei andere Krieger, Henning (zwischen sich führend. Auch der Bewaffnete aus der Kammer zur Linken kehrt kopfschüttelnd
30 zurück).

       Achim. Nun?

       Ein Krieger. Nirgend eine Spur, Hauptmann.

       Achim (stampft mit dem Fuß).

Lange. Haſt Du ihnen auch die Wiege gezeigt, Dörte?

Achim. Verwünſcht! Und ich bin doch überzeugt wie von meinem Leben, daß der alte Fuchs — (Die andern Krieger mit Henning.)

5 Zweiter Krieger. Herr Hauptmann —

Achim. Ha, Carſten, was gibt's?

Krieger. Gefunden haben wir ihn nicht, aber wie wir im Stall nachſahen, ſtand der Knecht da bei den Pferden und brummte vor ſich hin, er wüßte wohl, wo der Haſe im Pfeffer
10 liege.

Lange, Dörte (halb für ſich). Henning!

Achim. Komm näher, Kamerad! Du ſollſt Dir ein gutes Trinkgeld verdienen, wenn Du uns anzeigſt, wo der Junker zu finden iſt. Es geſchieht ihm nichts zu Leide, aber unſere
15 Botſchaft muß ausgerichtet werden!

Henning (kommt mit einem finſtern Geſicht in den Vordergrund bis nah an Dörte).

Dörte. Henning, Du wirſt doch nicht —

Henning. Natürlich, Jungfer Dörte! Henning iſt man
20 bloß ein Knecht, der darf nicht muckſen. Oho! Sieht's ſo aus? (halblaut zu Dörte) Hat der alte Henoch auf einmal Kinder gekriegt und gleich ausgewachſene? He?

Dörte. Lieber Henning, ich verſpreche Dir —

Henning. Haha! Die Mauſefalle kennen wir. Nee,
25 Herr Hauptmann, glaubt ja nicht, daß Henning ſich von ſo einer hochmütigen Bauerntochter den Speck aus dem Kohl ziehen läßt. Da iſt Henning noch zehnmal nicht dumm genug dazu.

Achim. Es ſoll Dein Schade nicht ſein (zieht einen Beutel).
30 Henning. Behaltet man Eure Groſchen, und wenn's hundert Thaler wären, für Geld iſt Henning nicht zu haben. Wenn ich's nicht dem Herzogsjunker ſeit lange zugeſchworen

hätte, es ihm einzutränken, daß er mir hier im Haus den Löffel vorm Maul weggezogen hat, wie ich eben in die Schüssel langen wollte —

Achim. Du hast eine Feindschaft auf den jungen Herrn?

5 Henning. Und was für eine! Seht, Herr Hauptmann, ehbevor er nach Lanzke kam, bin ich hier wie's Kind im Hause gewesen, und der Bauer und alle haben nicht ohne mich leben und sterben können. Ist's etwa nicht an dem, Bauer?

10 Lange. Halt das Maul, elender Neidhammel!

Henning. Ja wohl, neidisch bin ich, aber das Maul halt' ich drum erst recht nicht. Ihr wär't auch neidisch, wenn Ihr Durst hättet, und ein anderer tränke Euern Krug leer, und Hunger, und er äße Euch die letzte Brotschnitte vor der 15 Nase weg. Und darum —

Achim. Mach's kurz: Wo ist der Junker?

Lange. Der Schurke soll mit vier Pferden zerrissen werden, wenn er — Hund! (Wütet vor sich hin).

Dörte. Liebster bester Henning, wenn Du jemals — 20 ich will Dir —

Henning. Nichts da! meine Rache will ich! Haus und Hof könntet Ihr mir verschreiben, Bauer, und Eure Tochter dazu — ich pfiffe Euch was und nähme meine Rache! Ja wohl hat man Euch anschmieren wollen, Herr Hauptmann. 25 Denn der Junker, den Ihr sucht —

Achim. Er ist im Haus? (Pause).

Henning. Nein, Herr Hauptmann! (Lange und Dörte suchen ihre Überraschung zu verbergen).

Achim. Wo ist er hingeflüchtet?

30 Henning. Er weiß alles, daß ihr ihn mit Gutem oder Bösem nach Rügenwalde bringen sollt, 's ist ihm gesteckt ·

6

worden, vor zwei Stunden schon, und darum hat er gemacht, daß er fortgekommen ist und zwar —

Achim. Wohin?

Henning. Ja, zwinkert mir nur zu, Bauer. Heraus
5 muß es und sollt' ich dran platzen. (Zu Achim.) Nach Malchow ist er geritten, zu Kurt Flemmingen, Beistand zu holen, gegen den Herrn von Massow — nu wißt Ihr's und nu macht, daß Ihr ihn zu fassen kriegt.

Achim. Aufsitzen! (Die Krieger hinaus.) Komm her, Bauer.
10 (Lange nähert sich ihm gelassen.) Du hast um den Aufenthalt des Junkers gewußt und ihn mir verheimlicht trotz des Befehls der Frau Herzogin?

Lange. Ja, Herr Hauptmann, das kann ich nicht in Abrede stellen.

15 Achim. Du bist ein Verräter.

Lange. Kann auch wohl sein, Herr Hauptmann. Hab' es aber bisher noch nicht gewußt.

Achim. Du wirst mit uns nach Malchow reiten und von da nach Rügenwalde, Dich vor Deiner Landesfürstin zu ver=
20 antworten.

Lange. Kann geschehen, Herr Hauptmann. Ich habe selbst schon lange einmal ein Wort mit der Frau Herzogin reden wollen.

Achim (zu zwei Kriegern). Bindet ihm die Hände. Der
25 Philipp soll ihn vor sich aufs Pferd nehmen.

Dörte. Vater! (Bugslaff macht eine hastige Bewegung.)

Lange. Ruhig Blut, Kinder! (Mit Betonung.) Wie gesagt, Kriegslisten müssen sein, und da braucht sich ein Herzog selber nicht zu schämen, und wenn mal eine schief geht, nur nicht
30 den Kopf verloren. Gib mir meinen Hut, Dörte. So!
Und nun bindet mir man rasch die Hände, sonst dreh' ich noch dem Schurken da den Hals um! (Henning steht unbeweglich.) Den

solltet Ihr festmachen, Herr Hauptmann; das ist Euch ein Lügenbeutel, ein Spitzbube, ein —

A ch i m. Nicht geschimpft! Henning, ich bleibe in Deiner Schuld. Fort mit Dir, Bauer!

5 L a n g e. Na, Mutter, haltet gut Haus. Es wird ja wohl nicht lange währen, so komm' ich los. Mein junger Herzog (mit erhobener Stimme) wird mich doch wohl nicht im Kerker ver= faulen lassen; es sind ja noch andere altpommersche Herren, die ihm gerne helfen gegen den Gott=sei=bei=uns, den Massow.

10 A ch i m (ihn hinausstoßend). Hüte Dich, Bauer, wo Dir Dein Leben lieb ist!

L a n g e. Na denn in Gottes Namen! Adjes, Dörte! (Wird hinausgeführt.) (Bugslaff richtet sich spähend auf, Henoch hebt den Kopf von dem Tische, Henning steht ganz vorn mit behaglich verschmißter Miene, Dörte 15 macht die Thür hinter dem Vater zu. Pause. Man hört die Reiter sich entfernen.)

D ö r t e (zurückkommend). Fort!

B u g s l a f f. (Springt auf, wirft die Verkleidung ab.) Gerettet! Um welchen Preis!

D ö r t e (auf Henning zueilend). Und wenn Du auch ein hinter= 20 listiger, böser, neidischer Mensch bist und uns halbtot ge= ängstigt hast, dafür muß ich Dir um den Hals fallen.

B u g s l a f f. Henning! Wackerer, treuer Henning! (Ergreift seine Hand.)

H e n n i n g (steht gelassen und läßt alles mit sich geschehen). Ja, nu 25 ist es keine Kunst!

(Der Vorhang fällt.)

Vierter Akt.

Ein Turmzimmer im Schloß zu Rügenwalde. Rechts ein vergittertes Fenster. Eine Thür im Hintergrunde. Vorn Tisch und Bank. Auf dem Tisch ein Wasserkrug.

5 ## Erste Szene.

Hans Lange (liegt ausgestreckt auf der Bank, den Hut unterm Kopf; schläft und spricht aus dem Traum).

Man immer dreist, Junker — so ist es recht —! Was? Zu Kreuze kriechen? — Schwerenot! — — Henoch — ich
10 schneide Dir die Nase ab, wenn Du — Pfui, zittern, wie ein altes — Nee, so ist es recht! Faß ihn, Bugslaff, den Wolf — den Massow — den Wolf — (die Thür wird aufgeriegelt, Henning, einen Kober tragend, mit dem Schließer, der auf den Alten zeigt und gleich wieder geht).

15 Henning. Schon gut, Veit. Will's schon besorgen. — Da liegt er. Ich muß ihn man wecken. (Legt den Kober ab, tritt dicht an den Schlafenden.) Vater Lange! (Rüttelt ihn.) Wollt Ihr bis in die Ewigkeit schlafen?

Lange (auffahrend). Dörte — ist es denn schon — der
20 Henning soll immer anspannen — (reibt sich die Augen).

Henning. Ja es spannt sich auch noch was an! Wenn Ihr Herrn von Massow schön bittet, wird er Euch mit vier Pferden ins Himmelreich fahren lassen; Ihr müßt Euch man hernacher die Stücke selber wieder zusammenlesen.

25 Lange (ermuntert, setzt sich auf). Ja so, wir sind nicht mehr in Lanzke. Na guten Morgen, Henning.

Henning. Guten Tag auch!

Lange. Ist wohl schon späte?

Henning. I nu, es geht auf Mittag. In der Schloß-
30 küche unten schmoren sie einen Hammelbraten. Es roch gut.

Lange. Sieh sich, da hab' ich meiner Seel' an zwölf

Stunden geschlafen, wie 'ne Ratte. Ich war aber auch höllisch
müde gestern abend. Das Traben, Henning, so den geschlage=
nen Tag, ist 'ne rechte Pferdearbeit für alte Knochen.

Henning. Wie ist es denn noch geworden?

5   Lange. Na, wie wir in Malchow ankamen und von
unserm Junker nichts zu hören und zu sehen — die langen
Gesichter kannst Du Dir vorstellen.

Henning (lacht in sich hinein).

Lange. Nu wollten sie von mir wissen, wo er wohl
10 stecken könnte. Ja, sagt' ich, wenn er nicht hier ist, wird er
sich wohl unterwegs anders besonnen haben. Aber hin hat
er gewollt, das habt ihr ja von dem Hallunken, dem Henning,
selber gehört.

Henning (streicht sich schmunzelnd das Haar über die Stirn).

15   Lange. Nu wetterten sie und schimpften mordsmäßig,
und ich saß immer ganz stille dazwischen und dachte: Hol'
euch alle der Henker lotweis! Na, und da haben sie ein paar
Stunden gefüttert, und dann sind wir wieder in den Sattel
und fort nach Rügenwalde, und wie der Massow mich an=
20 geschnauzt hat und wie er mir uns Haar die Gurgel eigen=
händig abgeschnitten hätte, weil ich immer ganz unschuldig
blieb, das kannst Du Dir auch wohl denken. Zuletzt haben
sie mich hier hergebracht, es scheint so 'ne Art Schatzkammer zu
sein. Gestohlen kann man hier so leicht nicht werden. Nu
25 sage aber, wie ist es denn bei Euch gegangen?

Henning. So weit ganz schön, Bauer. Die Groß=
mutter ist gut bei Wege, und die Dörte läßt Euch grüßen.
Unsere braune Kuh hat letzte Nacht gekalbt, ein Bullenkalb, und
der Wolf hat wieder ein Lamm geholt. Den Haber wollten
30 wir —

Lange. Das kannst Du mir alles nachher sagen. Was
der Junker angegeben hat, das will ich wissen.

Henning. Na zuerst nicht viel Kluges. Mit allen Knechten hat er den Reitern nachsetzen wollen, um Euch ihnen wieder abzujagen. Und dann, wie wir ihm das ausgeredet haben, hat er sich erst besonnen, daß sein Herr Vater nu
5 wirklich tot ist, und ist wie rasend geworden; bis ihm die Großmutter zugeredet hat. Da hat er nach dem Zornebock verlangt und ist fortgesprengt zu dem Herrn von Buggenhagen, den wollte er aufbieten und dann die andern auch. Und kaum ist er fort gewesen, so kommen drei Herren an=
10 geritten, der Herr von Krokow und der von Dewitz und den dritten kenn' ich nicht, und fragen nach Herzog Bugslaff, und wie ich ihnen sage, er ist eben fort zu Herrn von Buggen= hagen, machen sie links um und wie's Wetter ihm nach; aber daß sie nichts Böses mit ihm vorhatten, das habe ich wohl
15 merken können.

Lange (feierlich). Der alte Gott lebt noch, Henning. Du sollst sehn, eh die Sonne untergeht, hören wir neue Zeitung.

Henning. Kann schon sein! — Da, Bauer, da schickt Euch die Dörte was; sie konnte wohl denken, daß sie Euch
20 hier nicht auf die Mast legen würden. (Packt den Kober aus.)

Lange. Ich danke Dir, mein Sohn. Ich habe Hunger wie ein Wolf.

Henning. Und den Krug Stargarder Bier, den hat mir der Turmvogt heimlich für Euch gegeben. Ist ja der
25 Veit Klinker, userm Jochem Schmidt sein rechter Bruders= sohn, und dem Massow sind sie ohnedies alle aufsässig.

Lange (sitzt am Tisch, ißt und trinkt). Das labt, Henning! Ich habe nichts als Wasser geschmeckt, die vierundzwanzig Stunden, und Wasser, weißt Du wohl, kann ich nicht mal in
30 den Schuhen vertragen, viel weniger im Magen.

Henning. Na laßt's Euch schmecken. Ist ohnehin das letzte Mittagsessen.

Lange (ruhig fortessend). Wie so, Henning?

Henning (sich die Haare streichend). Hm! Ja! Na Ihr wißt ja wohl —

Lange. Ich verlasse mich auf meinen Junker. Das
5 Bier ist gut, Henning (trinkt).

Henning. Schmiert man immer die Gurgel. Denn gehängt werdet Ihr zum wenigsten.

Lange. Du bist nicht bei Troste.

Henning. Kann sein — kann auch nicht sein. Der
10 Veit muß es wohl wissen. Aber eßt man ruhig drauf los, wenn's Euch schmeckt; es kann ja noch ein paar Stündekens —

Lange. Was weiß der Veit? Sperr's Maul auf, und murmele nicht länger durch die Zähne. Was kann noch ein paar Stunden —?

15 **Henning.** Na das Hängen, oder Köpfen, oder Rädern, oder Vierteilen, oder —

Lange. Schafskopf! — da soll ich mir wohl noch bange machen lassen!

Henning. Hm! — Ja! — Na meinetwegen.

20 **Lange** (aufstehend). Henning, wenn Du nun nicht das Maul hältst — dann sage man lieber alles 'raus!

Henning. Ja, wenn Ihr's wissen wollt, Bauer: der Hofmarschall hat einen Zank gehabt mit der Frau Herzogin, er hat Euch hängen lassen wollen — der neue Stadtgalgen
25 ist auch gerade vor vierzehn Tagen fertig geworden, und es hängt erst ein Schneidergeselle dran, der seine Meisterstochter mit der Schere erstochen hat.

Lange. Schöne Gesellschaft!

Henning. Und sie — nämlich nicht die Schneiders=
30 tochter, sondern die Frau Herzogin — hat noch für Euch ge= beten. Aber, sagt der Veit, zuletzt geschieht allemal, was der Massow will, und daß Euch der nicht das Schwarze unterm

Nagel gönnt, das wißt Ihr ja wohl. Höchstens läßt er Euch köpfen, statt h ä n g e n, na und wenn ich dran müßte, da thäte mir noch die Wahl weh.

Lange (geht, die Hände auf dem Rücken, auf und ab).

5   Henning. Übrigens laßt das bißchen Essen nicht um= kommen. Sterben müssen wir ja alle. Es wird die Dörte freuen, daß es Euch doch noch mal geschmeckt hat.

Lange (steht am Gitterfenster und sieht hinaus).

Henning. Was ich sagen wollte: Wie soll's denn n a ch = 10 h e r gehalten werden? — Wegen der Wintersaat braucht Ihr keine Bange zu haben, und das Vieh wird auch besorgt werden. Ich weiß ja wohl, wie Ihr's haben wollt. Aber — da ist noch — na Ihr wißt schon —

Lange (vor sich hin). Zuzutrauen wär's dem Massow schon!

15   Henning. Vater Lange, ich habe Euch schon einmal gesagt, daß Ihr mir die Dörte geben sollt. Dazumal habt Ihr mich ausgelacht, und ich habe es 'runterwürgen müssen. Jetzt meint' ich nur, das Lachen wäre Euch am Ende ver= gangen, von wegen — (macht die Gebärde des Hängens) und wenn 20 Ihr die Augen zugemacht habt, — und denn Haus und Hof ohne Herrn — und weil die Dörte mich w i l l, so freiten wir uns am Ende doch, und da wär's doch besser, — Ihr gebt uns Euern Segen — man wüßte doch, woran man wäre — und das Sterben würde Euch nicht so sauer, wenn 25 Ihr Eure Tochter —

Lange (der sich inzwischen umgewandt hat). Halt, Spitzbube! Hab' ich Dich erwischt auf Deinem fahlen Pferde? Ein Satan von einem Bauernlümmel, schlau wie die Sünde! Macht mir erst die Hölle heiß, damit ich weichmütig werden 30 soll, der durchtriebene Mordhallunke, und dann soll Vater Lange seinen väterlichen Segen — nee, mein Sohn; um Vater Langen übern Löffel zu balbieren, mußt Du früher aufstehn. — Nichts

da von Köpfen und Hängen und Brautschaft und Segen!
Pack wieder ein, Henning, Deine Henkersmahlzeit und Deine
Pfiffe, und wenn die Blitzdirne, die Dörte, mit dahinter steckt,
so soll ihr, wenn ich zu Hause komme, das heilige Kreuz=
5 donnerwetter — (Eine Trompetenfanfare unten im Schloßhofe.)

Lange (plötzlich kleinlauter). Na, was hat denn der Spek=
takel da unten zu bedeuten?

Henning. Sie blasen immer in Rügenwalde, wenn was
Städtisches vorgehn soll. Vor vier Jahren, wie die Marieken
10 Schlimmenitz, die Hexe, verbrannt worden ist — da haben
sie auch so geblasen (tritt ruhig ans Fenster).

Lange. Heilige Dreifaltigkeit! wenn's wirklich soweit —
nee, nee, da müßt' ich Bugslaffen nicht kennen. Henning, was
ist los?

15 Henning. Eine Menge Menschen, welche zu Pferde
und welche zu Fuß, und welche sehn immerfort 'rauf.

Lange. Sehn 'rauf?

Henning. Ja, als ob die Hauptperson noch kommen
sollte. Vater Lange, wie wär's mit dem Segen?

20 Lange. Nee, mein Sohn. Der Bugslaff läßt mich nicht
in der Patsche, darauf laß' ich mich totschlagen!

Henning (wieder hinaussehend, mit Achselzucken). Dazu kann
Rat werden. Einer ist da in einem roten Mantel.

Lange. Na nu wird mir's denn doch zu bunt! (Will ans
25 Fenster treten. In dem Augenblick neue Hornfanfare. Er steht unwillkürlich erschreckend still. Man hört auf dem Gang Schlüssel rasseln).

Henning. Da haben wir's, nu werdet Ihr abgeholt!
(Nähert sich ihm.) Vater Lange —

Lange. I da schlage doch Gott den Deubel tot! Na,
30 sie sollen mich wenigstens nicht flennen sehn.

Zweite Szene.

(Vorige. Veit Klinker.)

Veit. Pst! Henning!

Lange. Ich bin all fertig, Veit. Wenn Du aber Bugs=
5 laffen zu fehn kriegst, fo beftell' ihm einen fchönen Gruß von
mir, und er wär' 'ne alte Schlafmütz', ließ' ich ihm fagen.

Veit (den Tifch haftig abräumend). Mach, daß Du fortkommft,
Henning. Die gnädige Frau kommt hierher; wenn die merkt,
daß ich durch die Finger gefehen habe —

10 **Lange.** Die Frau Herzogin? Ift es denn noch nicht
foweit?

Veit. Wieweit, Gevatter?

Lange. Na, bis an den Hals.

Veit. J Gott bewahre! Der Junker ift ja vor die Stadt
15 gerückt mit hundert Reifigen und hat den Hofmarfchall vor
die Klinge fordern laffen.

Lange. Der Junker? Na ich kenne ja meinen Bugslaff.
Heiliges Kreuz, und der Spitzbube da — (droht Henning mit der
Fauft). Na warte!

20 **Veit.** Herausgefordert hat er ihn mit einem Herold
und zwei Trompetern, und halb Rügenwalde war auf den
Mauern, und eben jetzt ift der Maffow ausgerückt — Ihr
habt's ja wohl blafen hören — und nu wird's blutige Köpfe
fetzen. Aber fort, fort! Ich komme um den Dienft, wenn die
25 gnädige Frau — (fchiebt Henning hinaus).

Lange. Gott in dem hohen Himmel, mir fällt ein Mühl=
ftein vom Herzen.

Dritte Szene.

Lange. Herzogin Sophia (tritt haftig ein), **Veit** (geht und fchließt hinter
fich die Thür).

30 **Herzogin** (kommt in den Vordergrund, muftert den Bauer mit einem
ftrengen Blick). Du haft unfer Vertrauen fchwer mißbraucht, Bauer.

Lange. Ich, Frau Herzogin? Daß ich nicht wüßte.

Herzogin. Du hast den Sohn gegen die Mutter auf=
gewiegelt. Ist es ohne Dein Wissen geschehn, daß er den
Adel des Landes aufgeboten und mit einem Trutzheer heran=
5 gezogen ist gegen diese Stadt?

Lange. Nein, fürstliche Gnaden, dazu hab' ich ihm
allerdings geraten, brauchte aber nicht viel Worte darum zu
machen, so klug wäre er schon alleine gewesen. Wenn man
einem Sohn die Straße verrammelt ans Todbett von seinem
10 Vater, der Sohn müßte ja hier — oder hier (auf Kopf und Herz
deutend) nicht richtig sein, wenn er nicht —

Herzogin. Still! Ich bin nicht gewohnt, Anklagen von
einem Unterthanen zu hören. (Geht auf ihn zu.) — — Bauer,
Du hast Dich seines Gemütes bemächtigt, leider zu Schlimmen.
15 Du kannst jetzt Dein Vergehen sühnen, wenn Du seinen ver=
verwilderten Sinn zum Guten lenkst. (Pause.)

Lange. Ich verstehe Euch nicht, fürstliche Gnaden. Ich
habe einen dicken Kopf.

Herzogin. Du sollst aus dem Thore gehn und ihm
20 vorhalten, wie schwer er sich an Gottes Gebot versündigt,
wenn er seiner Mutter den Gehorsam versagt und mit be=
waffneter Hand sich auflehnt gegen ihren wohlgedachten Willen.

Lange. Hm! Und was soll er thun?

Herzogin. Seinen Kriegshaufen entlassen und als ein
25 reuiger Sohn zur Mutter zurückkehren, die ihm verspricht,
Gnade vor Recht zu üben. Du kannst es von ihm erreichen,
wenn Du willst.

Lange. Ob ich es kann, das weiß ich nicht; aber wenn
ich's auch könnte, — daß ich's nicht wollen thäte, das
30 weiß ich.

(Herzogin geht auf und ab, in heftiger Bewegung. Man hört aus weiter Ferne
Hornsignale.)

Herzogin (lauschend). Das ist Schlachtruf. Sie sind an=
einander. Bauer, rührt sich in Deinem Innern nichts bei
diesen Klängen? Sagt Dir keine Stimme: das hätt' ich ver=
hüten können?

5 Lange. Nein, Frau Herzogin. Denn was ich an Her=
zog Bugslaff gethan habe, wenig ist es man, aber Gott sei
Dank, ich kann es verantworten in meiner Sterbestunde.
Seht, Hans Lange ist man ein Bauer und weiß von Staats=
geschäften soviel wie sein Hofhund. Aber ich habe selbst
10 eine Mutter, Frau Herzogin, und wie ich jung war, hatt' ich
auch einen harten Kopf und sie eine harte Hand, und sie hat
mich nicht schlecht kuranzt, wenn sie ihre Laune hatte. Ich
weiß also wohl, was sich ein Sohn von seiner Mutter ge=
fallen lassen muß, aber auch, was er sich nicht muß gefallen
15 lassen, und das kann ich Euch heilig zuschwören, Frau Her=
zogin: wenn ich von meiner Mutter so gehalten worden wäre,
wie unser Junker von Euch, will sagen von Herrn von
Massow, — Gott verzeih' mir die Sünde, gehängt hätt'
ich mich oben am Dachfirst, daß ich mit den Beinen gerade
20 Muttern vors Fenster zu baumeln gekommen wäre! Na und
da wäre sie denn wohl ein bißchen in sich gegangen.

Herzogin (steht tief nachdenklich still). Ich habe ihn mehr als
einmal zu mir zurückzuziehen versucht. Er ist nur noch
ferner geblieben.

25 Lange. Weil er gewußt hat, daß der Tückebold, der
Massow, hinter der Thür stand, wenn der Sohn gegen die
Mutter sein Herz ausschütten wollte.

Herzogin. Ich verbiete diese Sprache gegen meinen
treuesten Diener, ohne den ich noch in der Haft zu Gollnow
30 säße.

Lange. Oder Euch längst mit Eurem durchlauchtigen
Eheherrn ausgesöhnt hättet. (Pause. Neue Hornsignale, näher.)

Herzogin. Die Toten ruhen. O mein Gott, hilf den Lebenden, daß sie zur Ruhe kommen! (In wachsender Aufregung.) Bauer, noch einmal, seinet= und meinetwegen eile hinaus, sprich, rate, bringe ihm meinen Willen. — Der Dank einer 5 Fürstin, einer Mutter, einer tiefgebeugten Frau wird Dir's vergelten!

Lange. Ich mische mich nicht in Staatsgeschichten. Nee, Ihr werdet das schon alleine besorgen.

Herzogin. So gehe wenigstens mit mir.

10 Lange. Na denn in Gottes Namen!

(Indem sie eine Bewegung nach der Thür hin machen, ertönt unten im Hof eine helle Fanfare.)

Lange. Was haben sie denn da unten wieder zu blasen?

Vierte Szene.

15 Vorige. Henning (tritt ein, einen großen Morgenstern in der Faust).

Henning. Bauer, habt Ihr's wohl gehört?

Lange. Was gibt's, Henning?

Herzogin. Was hat sich zugetragen? Kommst Du aus dem Felde?

20 Henning. Nee, Frau Herzogin, soweit war ich noch gar nicht. Denn wie ich mit dem Veit Klinker die Treppe hinuntergehe, kriege ich ein zweihändiges Schwert zu packen, und Veit sagt, das ist nichts für Bauern, und gibt mir den Morgenstern da in die Fäuste, und ich will eben damit zum 25 Hofthor hinaus, da ist draußen ein großer Auflauf von der Bürgerschaft, und sie sagen, der Massow wär' mit unserm Junker aneinander gewesen, und es hätte schon schlimm aus= gesehen für Bugslaffen, aber auf einmal wäre der Herr von Krokow und der Dewitz aus dem Stadtwald vorgebrochen, 30 und sie wären dem Hofmarschall aufs Leder gestiegen und hätten ihm so zugesetzt, daß er noch froh sein mußte, das

freie Feld zu gewinnen. Aber wie die Rügenwalder merkten,
daß unser Junker obenauf ist — (neue Fanfare). — Da hört
Ihr's wieder; sie haben ihm die Thore sperrangelweit auf=
gemacht und ihn als ihren Landesherrn hereingenötigt, und
5 ob er sich lange hat nötigen lassen — (Zuruf draußen im Hof:)
Hoch unser Herzog! Hoch Bugslaff!

Lange (ans Fenster eilend). Bugslaff! Teufelsjunker! Na
Gott sei Dank, daß Du da bist! Wie er zu Pferde sitzt! Das
hat er in Lanzke gelernt. Und mein Zornebock spitzt die
10 Ohren wie nicht klug. Ja, die Trompeten, Zorneböckchen,
das klingt anders als unserm Kuhhirten sein altes Horn. —
Frau Herzogin, Ihr kommt doch mit?

Herzogin (zaudernd). Wie soll ich ihm jetzt gegenüber=
treten?

15 (Bugslaffs Stimme im Gang draußen.) Wo habt ihr ihn?
Wo habt ihr meinen Vater Lange hingeschleppt?

Lange. Da kommt er wahrhaftig schon angestiefelt. Nun
sagt's ihm nur recht wie seine gute Frau Mutter —

Fünfte Szene.

20 Vorige. Bugslaff (in Waffenrüstung, mit Gefolge, erscheint an der Schwelle).

Bugslaff. Wo steckt mein alter — ha, was seh' ich!
(Fährt zurück und bleibt draußen vor der Schwelle.)

Lange. Guten Tag, Bugslaff! Das ist schön, daß Du
kommst, Du hast auch jüngere Beine. Na, nu gib der Frau
25 Mutter die Hand, Junker, und damit gut, und vergeben und
vergessen, wie's unter Christenmenschen —

Bugslaff (tritt ins Gemach und winkt Henning, sich zu entfernen.
Das Gefolge bleibt im Vorsaal). Still, Vater Lange! Verschwende
Deinen Atem nicht müßig. Ich kenne meine Pflicht.

30 Lange. Um so besser, Bugslaff. So wirst Du Deine
Frau Mutter —

Bugslaff. Hab' ich eine Mutter? Hatt' ich eine?

Herzogin. Mein Sohn —

Bugslaff. Schließt eine Mutter ihrem Sohne das Thor der Stadt, daß er's mit stürmender Hand aufbrechen
5 muß, durch einen Wall von Feinden sich den Weg zu bahnen in sein Mutterhaus?

Herzogin. Bugslaff —

Bugslaff. Genug, Frau Mutter! Ich klage Euch nicht an. Aber ein Toter und — ein Lebender stehen zwischen
10 uns, und darum ersuche ich Euch hinwegzuziehen und Euren Witwensitz jenseits der Grenzen Pommerns zu wählen, wo immer es Euch und Herrn von Massow beliebt. Eure Diener= schaft soll Euch folgen und von König Erichs Schatz keines Hellers Wert zurückbleiben. Und so geleit' Euch Gott!

15 Herzogin (auf die Bank sinkend). Verbannt! Von meinem Sohn!

Lange. Na höre, Bugslaff, das ist mir denn doch zu toll. Geh hin und gib Deiner Mutter die Hand und sage, daß es Dir leid thut, all das dumme Zeug geredet zu haben.
20 Bugslaff. Alter, ich weiß, was ich sage, und bei meinem Herzogseide —

Lange. Oho, Junker, bläst der Wind daher? Ist Euch der Herzog so geschwind in die Krone gefahren, daß Ihr meint, jedes Wort, was Ihr sagt, sei pures Gold und ein
25 alter Bauer müsse das Maul halten? Na, denn werd' ich's ja wohl halten müssen!

Bugslaff (heftig). Vater Lange!

Lange. Es hat sich ausgevatert. Ich würde mir die Augen aus'm Kopf schämen, wenn ich einen leiblichen Sohn
30 großgezogen hätte, und der führte sich so auf!

Sechste Szene.

Vorige. Puttammer, Dewitz, Krotow und andere Edelleute
(treten ein).

Puttkammer. Sputet Euch, Herzog, und setzt Euch zu
5 Pferde. Sie warten drauf in der ganzen Stadt, ihren jungen
Herrn zu sehn.

Krotow (nachkommend). Ich sage Euch, Junker, Ihr werdet
Augen machen. Wie auf einen Zauberschlag alle Häuser voll
Kränze und Fahnen und der Rat in Amtsröcken —

10 **Bugslaff.** Ich will sogleich den Umritt halten, werte
Herren, (zu Lange herantretend) und Du, Vater Lange, reitest neben
mir, damit alle Welt sieht —

Lange. Ich?

Bugslaff. Du wirst mir diesen Tag nicht verderben.

15 **Lange.** Mitreiten? Ich? Sollen die Rügenwalder
mit Fingern auf mich zeigen: Das ist der, von dem unser
junger Herzog gelernt hat, wie man mit seiner Frau Mutter
umgeht? — In die Erde müßt' ich sinken, wenn die Schande
auf mein graues Haar käme. Und wenn's niemand sagte —
20 hier drinnen sitzt was, das schriee über alle Trompeten und
Vivats weg: Du reitest neben einem schlechten Sohn, und
darum bist Du selber ein schlechter Kerl! (Murren unter den
Edelleuten.)

Krotow. Ich sag' Euch ab, Junker, wenn Ihr diesen
25 Tollen noch länger rasen laßt!

Bugslaff (seine Aufregung plötzlich bemeisternd). Genug! Ich
will ihm zeigen, daß ich in seiner Schule etwas gelernt habe
und mich besser zu beherrschen weiß, als er, und wenn er
vergißt, was er seinem Landesherrn schuldig ist, ich wenigstens
30 will dessen eingedenk sein, was ich ihm verdanke. Folgt mir,
ihr Herren! (Wendet sich nach der Thür.)

Siebente Szene.

Vorige. Gertrud, von Dörte hereingeführt.

Bugslaff. Sieh da, die Großmutter!

Gertrud. Ja, da bin ich, Junker. Ich habe draußen
5 keine Ruhe gehabt, habe mal nachsehn wollen, was sie mit
meinem Hänsken angefangen haben. Na, Gott sei gelobt und
gepriesen! da steht er ja und hat seinen dicken Kopf noch auf
den Schultern. (Geht zu ihm hin, sieht ihn scharf an.) Guten Tag,
mein Sohn! Aber was ist mir denn das? Warum machst
10 Du denn ein Gesicht, Hänsken, wie die Katz', wenn's donnert?

Lange (unwirsch). O Mutterken, ich habe einen Denkzettel
gekriegt auf meine alten Tage und ihn obendrein gehörig verdient. Unser gnädigster Herr Herzog und Landesvater —
(spricht leise zu ihr, deutet dabei auf die Herzogin).

15 **Bugslaff.** Großmutter — (sich zu den Edelleuten wendend)
Ich ersuch' euch, ihr Herren, vorauszugehen — ich habe noch
ein Wort mit dieser alten Frau — (die Edelleute ab)

Dörte. Herrgott, die Frau Herzogin — sie liegt in der
Ohnmacht! (Läuft zu ihr hin, kniet bei ihr, sucht sie wieder zu sich zu bringen.)

20 **Bugslaff** (zur Großmutter hintretend). Ich muß Euch noch
danken, Großmutter. Euer Segen hat gute Frucht getragen
und mir zum Siege verholfen.

Gertrud. Was sagt der Junker, mein Sohn?

Lange. Daß Euer Segen ihm geholfen hat, Mutter.

25 **Gertrud.** Mein Segen? Nee, Junker, damit ist es
nichts; denn wer sich so aufführt, wie Du, dem könnten alle
Päpste die Hände auflegen, Segen ist da doch nicht dabei.

Lange. Aber, Mutter! Ihr sprecht mit unserm Landesherrn.

30 **Gertrud.** Ist mir all eins, ich sage, was ich denke,
und die Landesherren sind auch Menschenkinder, die nicht auf
den Bäumen wachsen, sondern von ihrer Mutter unter Schmerzen

7

geboren werden, und darum sollen sie so gut wie andere Menschen ihre Mutter ehren, auf daß es ihnen wohlgehe und sie lange leben auf Erden.

Bugslaff. Großmutter, wenn Ihr wüßtet —

5 Gertrud. Von ihrem einzigen Sohn aus dem Lande gejagt! Ei ei! Sie hat ihn wohl nicht immer zu nehmen gewußt, aber wenn mein Hänsken so mit mir hätte umspringen wollen, da wäre ich längst unter der Erde. Denn ich habe auch meine Mücken gehabt, zumal wie ich noch jünger und 10 hitziger war, und nachher hat es mir selber leid gethan. Aber wenn mich mein Hänsken vor die Thür gesetzt hätte oder aus Lanzke weggeschickt — nee, da wäre ich ja lieber ins Wasser gegangen, als nur eine Stunde die Schande über-leben. — — Was sagt der Junker, mein Sohn?

15 Lange. Er sagt nichts, Mutterken.

Bugslaff. Nein, Ihr müßt mich hören, Großmutter, Ihr müßt wissen, daß es nichts Leichtes war, was mein Herz verstockt und versteinert hat! (Die Herzogin, von Dörte unterstützt, erhebt den Kopf langsam, schlägt die Augen auf, horcht auf Bugslaffs Worte.) 20 Es sind noch keine drei Monde, da ging ich an dem Saal vorbei, wo die Herren saßen und zechten, und hörte, wie sie den Namen meiner Mutter in Unehren nannten, und wie Herr von Krokow sagte: Schweigt, oder redet leiser, daß es dem armen Jungen, dem Bugslaff, nicht mal zu Ohren 25 kommt; denn was kann der dafür, daß seine Mutter — einen Massow lieber hat, als ihren eignen Mann!

Herzogin. O Gott!

Bugslaff. Und nicht mein Schwert ziehen können, Rechenschaft zu fordern; denn ich war waffenlos und ein ver-30 achteter Knabe! Aber freilich — was hätt' es geholfen? Kann ein Schwerthieb die Wahrheit zum Schweigen bringen?

Herzogin (sich erhebend). Die Wahrheit? O mein Sohn —

Bugslaff (zusammenfahrend, wendet sich ab). Sie hat es gehört!

Herzogin. Ja, ich hab' es gehört, welch eine Lüge sich zwischen Mutter und Sohn gedrängt und sein Herz ihr 5 entfremdet hat. O mein Sohn, ich habe mich schwer an Dir vergangen. Aber was ich auch gefehlt — nicht aus kaltem Herzen ist es geschehen, und jene Schuld, deren Du mich soeben geziehen — der Gott, der meine einsamen Wittwenthränen kennt —

10 ## Achte Szene.

Vorige. Massow (in Fesseln hereingeführt). **Der Bürgermeister Klaus Barnim an der Spitze bewaffneter Bürger.**

Klaus. Mein gnädigster Herzog, da bringen wir Euch einen Gefangenen, mit dem wir uns einen guten Dank von 15 Euch zu verdienen hoffen. Daß der Herr ungern kommt, seht Ihr an seinen Wunden. Lieber tot als lebend wollt' er vor Euer Angesicht —

Bugslaff (verwirrt). Meine Lieben und Getreuen —

Herzogin (feierlich). Das ist Gottes Gnad' und Ge20 rechtigkeit, die einen Zeugen sendet einer schwer verleumdeten Frau. Herr von Massow —

Massow. Spart Euer Beileid, Frau Herzogin, und laßt den Rebellen, da er besiegt worden, zum Tode abführen, als hättet Ihr ihn nie gekannt, nie seiner Dienste bedurft. 25 Es ist unbequem, einen Gläubiger am Leben zu wissen, dem man viel schuldig geworden, und darum —

Herzogin. Was bin ich Euch schuldig geworden? Welches Recht hab' ich Euch eingeräumt, das ich nicht zurückziehen könnte, sobald es mir beliebt? Ich habe Euch Freund 30 genannt, weil ich in Euch einen treuen Diener zu besitzen glaubte, der mein Bestes wollte. Ich habe diesen Irrtum schwer gebüßt. Aber einer a n d e r e n Verirrung, die mein

7*

Los für immer an das Eure knüpfte, kann nur die ehr=
loseste Verleumdung mich zeihen, und so fordere ich von Euch,
der Ihr vielleicht bald vor dem Throne des ewigen Richters
stehen werdet: gebt der Wahrheit die Ehre und bei Eurer
5 Seelen Seligkeit sagt, was ich Euch erwidert habe, als Ihr
in einer verwegenen Stunde Euch vermaßt, um meine Liebe
zu werben.

Massow (finster). Daß Ihr mich wie einen Dieb an
Händen und Füßen gebunden zu Eurem Gemahl schicken würdet,
10 wenn ich noch einmal mich unterstünde, in meiner Fürstin
das Weib zu sehen.

Herzogin. Ich dank' Euch, Massow. Und nun ver=
geb' Euch Gott, wie ich es thue; wir werden uns niemals
wiedersehen. Euer Geschick empfehle ich der Gnade Eures
15 Landesherrn. Ich selbst — ich habe nichts mehr zu bitten,
als daß man mein vergessen möge, wenn ich bald in der
Fremde meinen Tagen ein Ziel finde. (Drückt ihr Tuch vor die
Augen, wendet sich zum Abgehen.)

Bugslaff. Mutter — o Gott! Nein, bleibt und hört
20 meinen Willen. Ihr, Herr von Massow, seid frei zu gehen,
wohin es Euch beliebt. Ich will diesen Freudentag, der so
viel Herbes vergütet, nicht mit einem Blutgericht beflecken.
(Auf seinen Wink werden Massow die Fesseln abgenommen.) Geht mit Gott
und tragt Sorge mir nie wieder zu begegnen. (Massow ab.) Du
25 aber, Vater Lange, wirst Du es mir noch abschlagen, an
meiner linken Seite den Umritt durch die Stadt zu halten,
wenn zu meiner rechten — meine Mutter reitet?

Lange. O mein gnädigster Herzog —

Bugslaff (zur Herzogin). Und Ihr Mutter, wollt Ihr
30 dem Manne jetzt die Stelle an Eurem Herzen gönnen, nach
der der Knabe sich so heiß gesehnt hat?

Herzogin. Mein Sohn — mein Glück und Stolz — (will vor ihm knieen, er hält sie zurück)

Bugslaff. Nicht also! Wir haben alle erst in strenger Zucht lernen müssen, was not thut, und da steht der, von dem
5 ich das meiste gelernt habe. Und nun, Großmutter, seid auch Ihr mir wieder gut?

Gertrud. Was sagt der Junker, mein Sohn?

Lange. Ob Ihr ihm noch böse seid, Großmutter?

Gertrud (Bugslaff die Hand hinhaltend). J, dem soll auch
10 wohl einer böse sein!

(Vorhang fällt.)

NOTES.

Page 17.

1. **einen Brief in der Hand**: the elliptical accusative, very common in German, governed by a present participle, such as 'habend' or 'haltend', which is to be supplied. This construction is also frequently used with a past participle: e. g. in Schillers Bürgschaft:

„Da sinkt er ans Ufer und weint und fleht,
Die Hände zum Zeus erhoben."

6. **Geh zu Herrn E.**: Zu when expressing motion is used only with names of living beings, nach with places. Zu with names of places means 'at.' e. g. zu Paris, zu Hause. 11. **zusammenfährt**: starts, shudders. 18. **einen entbieten** or entbieten lassen = 'to summon'. 21. **sich abgemüßigt**: has found leisure. — meiner, the longer form of the genitive of ich, came into general use in the 17th century; the original form mein is rarely used now. 24. **führen zu lernen**: besides the auxiliaries of mood, the verbs heißen, helfen, sehen, hören, lehren, lernen take the infinitive without zu. 28. **einem etwas ansinnen**, to ask or require anything of any one, often with the notion of doing so wrongfully.

Page 18.

1. **heischtet**: 'desired, asked', heischen stands for eischen. The h has been prefixed through the influence of heißen. In Old High German it is eiskôn and is the same word as 'ask'. — 4. **etwas geht mich an**: something concerns me. 8. **ihm dünkten**:

subj. imperfect. More correct would be ihm or ihn beudjten.
Mid bünft, mid beudjte = methinks, methought. Till the end
of the last century the accusative was more common than the
dative with this verb. — 9. als er fidj's merfen laffen for hat
merfen laffen 'than he has cared to let people notice'. 10. des
Glaubens: 'in the belief that he should be able to'... 32. Jähzorn
'sudden anger'. The older form is Gähzorn; the irregular change
of initial g to j is probably due to the influence of 'jagen'.

Page 19.

4. 'ließ es ihn entgelten' i. e. ließ ihn es entgelten 'made him
suffer for it'. When two pronouns meet, the shortest is regularly
placed first. 8. fidj fühlen is used absolutely in the sense of 'to
have a lively sense of one's own importance or dignity'. mehr: adverb. 32. einen gewähren laffen: means, 'to let any one do as
he pleases'. gewähren in this phrase is used intransitively. mehr is
here an adverb, not the object.

Page 20.

2. Hofieren: 'flattery'. The original meaning was 'to per-
form such services as are required at court'. It is also used in
the sense of: 'to pay court to', 'to woo'. — 10. Mond is rarely
used except in poetry for Monat. 12. träumerifdj=verfdjloffen
lit. 'dreamily reserved'. 17. 'Only to the country, to a place in
the immediate neighbourhood'. 21, drei Stunden: the Germans
regularly express distances by hours. A Stunde is equal to about
3 English miles, the average distance walked in an hour. —
24. Wirtfdjaft: 'he manages a large farm'. The primary meaning
of Wirtfdjaft is management, economy, either rural or domestic.
Hence it comes to mean 'farm', or 'inn', 'public-house'. — 25. eige=
ner Mann or Leibeigener a vassal or bondman under the feudal
system. Junfer a young nobleman, from jung and Herr. Since
the 16th century, when its connexion with Herr was forgotten, the
word has followed the strong declension.

Page 21.

1. ungefdjladjt (lit. = aus der Art gefdjlagen,): coarse fellow,
clod-hopper; an old past participle, connected with Gefdjledjt,

meaning 'of low origin'. — **plump**: clumsy, rude. 10. **Hinter=
pommern**: 'Further Pomerania'. 18. **J nu = ei nun, je nun,**
'well'. **'jo jo la la** a familiar phrase expressive of mediocrity =
'pretty well'. 25. **einem auf die Finger jehen**: to keep an eye on
any one. 25. **ich jage ja nichts**: mind (ja), I am not saying
anything. — 27. **in den Jahren**: of such an age; i. e. I am no
longer young enough for it. 29. **jitt jejt bei 2c.** 'is not to be
moved from his morning dram'. **Humpen** means a large drinking
goblet. 31. **Euch**: ethical dative: 'have you had a look at'? **Markt
= Jahrmarkt**: 'annual fair'.

Page 22.

1. **juſtement,** pronounced as a German word, is frequently
used in colloquial German for **gerade**. 2. **Hans Wurſt** lit. Jack
Sausage was the name given to the clown in comedies of the 16th
century. The word **Wurſt** was added to describe a clumsy looking
person, whose figure resembles a sausage. Popular wit was fond of
associating clowns with some national characteristic food cp. English:
Jack Pudding, and French: Jean Potage. It soon came to be
written as one word and to be used as a simple appellative.
14. **Krähenfüße** 'pot-hooks'; lit. crows' feet. **Eſelshaut,** a kind of
parchment, also called **Eſelsfell.** 16. **Herrken**: 'ken', English
'kin' is a Low German diminutive suffix, adopted by modern German in the form of **chen,** which has almost driven out the
genuine High German **lein.** 17. **muffig**: 'mouldy, musty'. **Pogge**
provincialism for **Froſch** 'frog' or **Kröte** 'toad'. — 22. **Das wäre?**
'and what might that be'? 23. **Saufen.** The German language
has a different set of words for 'mouth', 'to eat', 'to drink' with
reference to men and to animals respectively. **Mund, eſſen, trinken**
are used of men; **Maul, freſſen, ſaufen** of animals. The latter
three are only applied to men by way of reproach or to convey
the idea of excess. — 26. **ſein Lebtag** shortened for **ſeines Lebens
Tage (Lebtage)** 'as long as he lives'. 30. **Jürgen** is a popular
corruption of **Georg.** 31. **aufgehoben** 'looked after' 'taken care of'.

Page 23.

3. **auf dem Holzweg**: 'there you are mistaken'. This is a
proverbial expression for 'to be on the wrong track', because a
Holzweg is a road in a wood, which leads nowhere. 14. **ſich**

einen Markt zu kaufen: 'to buy himself something in the market'. Markt is here used in the unusual sense of 'market ware'. 20. all= zu scharf macht schartig: is a proverbial expression meaning 'too much severity does no good'. schartig signifies 'notched' or 'jagged' applied to any instrument with a keen edge. 25. anthun: 'you will not subject me to the indignity'.

Page 24.

9. täppisch 'awkward', 'stupid'. 10. 'wrest the advantage from me'. Heft in this and other figurative phrases is used in the sense of 'hilt or handle' of a sword, or other weapon. 26. fetter Boden ꝛc. the nominatives are loosely strung on to the first clause, in the sense of da ist fetter Boden ꝛc. 31. einen ganzen Scheffel klüger: this usage is analogous to the accusative of measure with such verbs as gelten.

Page 25.

3. Schoßsünde 'pet sin', Schoß 'lap' is used in the sense of Lieblings—. 6. an den Pocken gestorben: 'died of small-pox'. an is used with sterben in connection with diseases, vor with other natural causes, e. g. vor Hunger sterben. 11. all siebzig. all is used adverbially = 'quite'. 13. auf den Hals colloq. for auf dem Hals. 'I have the weight of 50 years on my shoulders'. na, colloq. for nun 'well'. 24. Schraubstock: 'screw-vice'. man is a Low German word meaning 'only' 'just'. 'that human nature can but ill put up with'. 29. 'Was zum Henker' 'what the deuce'; Henker lit. hangman, is one of the many euphemistic terms in German for the devil. 31. leidlicher: 'tolerable'; gäbe ab: 'would make'.

Page 26.

4. mit to be taken with da. nee, colloquial for nein. 5. Schoß und Zehnten: 'taxes and tithes'. 6. Haberkukuk jocular distortion of Habacuck. 17. widern: disgust.

Page 27.

3. Bärenhäuter 'a lubber'; from the phrase auf der Bären= haut liegen = 'to be idle'. 4. der nicht drei zählen kann = 'a thorough simpleton'. 6. so recht: 'exactly'; 'niemalen' formerly not uncommonly used for niemals. It is a dative plural form. 9. oben=

hinaus: a familiar expression for 'flighty', 'thoughtless', 'harum-
scarum'. 9. Mucke: 'whim, fancy'. 10. Des Guten zu viel:
'even if it came to be too much of a good thing'. 21. einschlagen:
to give one's hand in token of agreement. 26. Dörte short for
Dorothea. 29. Wir stehen Dir: 'we will be responsible to you for'.

Page 28.

1. noch einen Riegel vorschieben: 'put another obstacle in the
way'. Riegel lit. 'bolt' or 'bar'. 6. drei Käse hoch: a common
phrase to express very short stature: 'when he was no more than
a foot high'. 14. Thunichtgut more usually Taugenichts. 15. man
erzählt sich: the reflexive is very frequently used for the re-
ciprocal pronoun einander. 16. verkommen: 'to sink in the social
scale, to degenerate'; verbubanzt 'to grow coarse', a word apparently
coined from verbuben, meaning much the same as verbauern.
19. It would be just the thing for her! was colloq. for etwas.
29. seh' Dir's am G. an: 'I see it by your face'. drein geben:
submit to it.

Page 29.

5. Henoch: Enoch. 8. seine Gestrengen: 'his worship', 'his
Lordship'. 16. halten zu Gnaden = halten Sie es mir zu
Gnaden: 'do not take it amiss', a phrase used by inferiors to
their superiors. — 26. mir nicht unterstehen: 'I durst not take
upon myself, presume'. — 30. an diesem Mann seiner Bube is
a common colloquialism for an dieses Mannes Bube, an der Bube
dieses Mannes.

Page 30.

6. so was often used relatively in older German. cp. the
similar use of 'as' in English in 'handsome is as handsome does'. —
6. Ju die Augen stechen: to catch the eye. — 9. kommt mir
selbst auf 2c.: 'costs myself thirteen Imperial thalers'. — 14. Aufzug und Gebahren: 'guise and behaviour'. — 16. Schnapphahn:
a footpad. — 17. Markthelfer: one who assists the shopkeepers
in packing and unpacking their wares, a 'packer'. — 16. Langfinger: a jocular name for a pickpocket. — 17. macht: 'plays the
part of'. — 17. Absatz: 'sale': 'and sees that the wares sell'. —

NOTES.

20. **Indem so**: 'at that very moment'. — 23. **knöcheln**: to play at dice made of **Knochen**, bones. — 31. **schon gut**: 'all right'.

Page 31.

3. **Spektakel** now means only 'noise, tumult'. — 4. **Zottel= tier**: the shaggy beast. — 5. **Hopser**: hop. — 9. **geblieben**: 'what has become of'. — 9. **Ich aus** 2c.: in lively narrative the verb of motion is often left out, here: **laufe, eile**. — 12. **fall' ihm in den Arm**: 'seize him by the arm'. — 14. **er, nicht faul**: a common phrase in rapid narration, the verb substantive being omitted; = 'without losing time'. — 15. **Maus**: Old H. G. mûs (mouse), then muscle, generally in the arm or leg; also muscle on the thumb, as here. (Latin musculus). — 19. **bleiben lassen**: to forbear. — 24. **Feilschen**: 'to bargain, haggle', from **feil** 'for sale'.

Page 32.

17. **landstreichenden Schelmen**: 'vagabond rogue of a'. **Schelm** follows either the strong or the weak declension. — 21. **un= gesäuertes**: 'unleavened'; **Sauerteig** is leaven. — 23. **an ihn los geworden**: got rid of, i. e. sold to him. **los werden** generally takes the acc., less commonly the gen. — 26. **vonnöten** adverb, rarely used for **nötig**, 'necessary'. — 29. **Jüd**: Jewish pronunciation of **Jude**. — 31. **und wenn's ein räudiger J. 2c.**: 'even if it had to be a mangy Jew'. — Notice the order of the words in the Jewish dialect; the adverbs come after the infinitive, the auxiliary verb is not placed at the end in subordinate clauses, and the accusative is used for the dative.

Page 33.

8. **gehandelt um**: 'bargained for'. — 13. **in seine Gedanken**: engrossed in his thoughts. — 15. **mein**, interjection, expressive of surprise, or doubt, probably elliptical for: **mein Gott**; it is explained by some as = **ich meine**. — 19. **daß Du Dich** 2c.: that you should have dared, presumed. — 21. **gedenkt** for **gedacht**. — 25. **was mach ich mir aus'n Tanzbär**: for **aus einem Tanzbären**: 'what do I care for'. — 26. **einen Bären anbinden**: 'to run up debts with anyone'. — 28. **kuckt so vor sich hin**: 'and looks straight in front of him, you know' (**so**). — 30. **fuchteln**: to brandish.

Page 34.

4. zustoßen: to give a thrust. — 12. note that Chrift is Christian, Chriftus is Christ. — 19. Schmerzensgeld: compensation for injury, damages. — 23. dafern: for the more usual wofern, in case that. — 26. Abbitte leiften: apologize to.

Page 35.

15. 'rumstoßen lassen: colloquial for herumstoßen: 'let himself be knocked about'. — 16. nichts für ungut: 'I beg your honour's pardon'; elliptical for nehmt nichts für ungut; ungut = übel, 'amiss'. — 21. läßt schon besser an: 'begins (schon) to look better'.

Page 36.

3. schlechter Bauer: a plain, simple peasant. Schlecht = schlicht, originally meant straight, honest (cp. the phrase schlecht und recht); then 'simple', 'foolish', and finally 'bad'! kann und vermag: tautological for the sake of emphasis: 'can possibly do'. — 9. der zu mir geftanden wäre: 'to take my part'. Relative clauses dependent on negatives such as niemand, keiner, are regularly put in the subjunctive, because they contain a supposition. — 15. Auskommen: 'it cannot be easy to get on with him'. — 30. Bruchwald: wood which grows in marshes or moors (Bruch). Cp Engl. brook. — 30. Koppel Pferde: team of horses. Koppel applied to dogs means two tied together by a leash, but to horses, an indefinite number in a row attached to one another, (from Fr. couple, late Lat. copula).

Page 37.

1. zureiten: 'break in'. — 2. unangesehen: = abgesehen davon, daß: 'to say nothing of, apart from, its swarming'. — 18. Luft auf: 'desire for' like Hoffnung auf. — 25. F. fetzen = geben: 'there would be'. — 29. nicht danach treibt: 'do not behave as if you were', es treiben: to carry on. — 31. aus dem Leim gehen (Leim glue; lit. to flat out): 'go to ruin'; metaphor from wood-work going to pieces. — 32. keinen über mir: 'no one above me, higher than me'.

Page 38.

2. **über mich laſſe**: 'allow to get the upper hand of me'. — 5. **was Menſchliches**: anything human, any human weakness (often used for 'death'). — 6. **Einem den Kopf zurechtſetzen**: to set one's head to rights, to bring to reason. — 8. **Hat Hand und Fuß**: more usually **Hände und Füße**, an idiomatic phrase = 'is to the point, to the purpose'. — 13. **unſerm Kaiſer ſein Thronfolger** cp. note on p. 29, line 30. — 17. **da hat's noch 2c.**: 'But there are other difficulties in the way besides'. The ordinary phrase is: **die Sache hat einen Haken**: 'there is a hitch in the matter'. — 19. **zulangen**: 'to help oneself' at meals; lit. 'to reach out' to get anything. — 20. **gleichviel ob**: 'no matter whether he be'. — 31. **Am Ende** = 'after all'.

Page 39.

3. **am Ende kommſt**: 'you may end by getting'. — 4. '**aus dem Regen in die Traufe**' proverb: 'out of the frying-pan into the fire'. **Traufe**: lit. the water dropping from the eaves. It may be either **in die Traufe** or **unter die Traufe**. — 8. **Bauernkoſt**: **Koſt** should he distinguished from **Speiſe**, which means a particular kind of 'food', while **Koſt** signifies fare, habitual food, hence commonly used in the sense of diet, board (**Koſtgänger**, boarder). — 17. **Schlag ein**: 'give me your hand on it'. — 25. **adjes**: frequently used among the lower classes for '**adieu**' the ordinary German expression for good bye. — 29. **dabei bleibt**: 'the matter is settled'.

Page 40.

3. **ſich nicht kehren an eine Sache**: not to care about a thing; originally used of persons, 'not to turn to' i. e. to be turned away from, neglect, not care for. — 3. **den Teufel**: this word is often used in the sense of a strong negative = nothing whatever (cp. the devil a bit). — 10. **dahinten** behind, rarely used except with **bleiben**, **laſſen**, and **ſein**, in the metaphorical sense. — 13. **Die zu Hauſe**: 'the people at home'. — 26. **Friſch**: adverb, used in exhortations = Latin age, agite: 'come, help yourself'. — 27. **Leibkoch**: head-cook. **Leib** is often used at the beginning of compounds = body of a prince, as in **Leibgarde**. — 28. **das Eſſen**: **das** is emphatic, referring to **Erbſen** and **Speck**, 'such fare as that'. — 29. **in den ſauern Apfel beißen**, an idiom generally em-

ployed in the figurative sense = 'to do something disagreeable, to swallow a bitter pill'; its use in the literal sense here has a humourous effect.

Page 41.

2. **Eine gute Klinge schlagen,** to be a good fencer, is used figuratively in North German, in the sense of 'to be a great eater'. — 4. **Ein Pfündner zwanzig**: dialectic for: zwanzig Pfund schwerer. Pfündner a pound weight, seems to be formed from Pfund (late Lat. pondum) on the analogy of Zentner, a hundred-weight (Lat. centum). The numeral is placed after the noun as in 'ein Stücker 6 bis 7' (cp. p. 43, line 16). Pfündner and Stücker are both nominatives plural; being treated as units with numerals, they take the singular neuter article, like the English 'a good two miles'. — 9. **Dankgebet**: 'grace'. — 15. **das Kreuz schlagen** or **machen**: to make the sign of the cross. — 22. **gesegnete Mahlzeit**: the regular greeting in Germany before and after meals, often shortened to Mahlzeit. The whole phrase would be: ich wünsche Dir eine gesegnete Mahlzeit. — 24. **drösen**, generally drusen, druseln, Engl. drowse, 'to fall asleep gradually, to take a nap. **bastelnd**: 'fumbling with, handling'. — 27. **Sputet Euch**: 'make haste', (Engl. to speed). — 28. **Wendisch** from Wenden, the Wends, a Slavonic tribe formerly inhabiting the eastern regions of Germany. Their nationality still survives in parts, their language still being spoken by upwards of 100000 souls. — 29. **Wechselfieber**: as lazy as intermittent fever: 'to-morrow, if not to-day'; bit is used in a general sense = it or they. — 32. **Trug Junge**: was with young. — 32. **Bruch**: 'moor'.

Page 42.

1. **Zu Mittag geläutet**: 'the dinner-bell rang'. — 3. **Fährte**, track, originally the plural of Fahrt, has become a singular, as Thräne and Zähre, a tear, orig. plurals of Thran, Zaher. — 7. **Mutterstute**: brood mare. — 10. **einbrocken** lit. to break bread into, often used figuratively, as here: 'what kind of brew I have in store for her confinement' (Wochen). — 22. **Hafer** is the usual form in literary German, but Haber is older. — 27. **Hürde**: generally used of 'sheep-folds, sheep-pens'. — 31. **durchzotteln**: trot through (Engl. toddle).

Page 43.

9. bei der Stange (or Klinge) bleiben: to keep to the point. — 13. Feierabend: 'time to rest' (Feier, Lat. feriae (1) rest from (after) work, (2) holiday, feast,); the word originally meant 'the evening before, the eve of, a holiday; then, generally, the cessation of work in the evening, evening rest. — 14. mit d. Henker zugehen: 'the devil must have a hand in it'; lit. 'it must go on with the devil'. Racker: bitch. — 16. ein Stücker sechs bis sieben: 'about 6 or 7 head'. Stücker is the plural of Stuck (not Stück): a piece, a head (cp. note on Pfundner p. 41, line 4). — 26. sich dumm anstellen: 'to feign, make a show of, stupidity'. — 26. beileibe nicht: on no account: lit. 'not on your life'.

Page 44.

7. Mit Haut und Haar = ganz und gar: 'completely'. Many double expressions like this, chiefly preserved in legal phrases, have come down from the old alliterative period of German poetry, which was anterior to the introduction of rhyme with Christianity at the end of the 8th century. — 7. Herzogspuppe: puppet of a duke. — 10. Hex for Hexe: hag. — 10. wer: colloq. for 'jemand'. — 11. Himmelkreuzsakrament: one of the compound imprecations in which German is so rich; a good example of a long one is: Alle Welt=Kreuz=Mohren=tausend=Himmel=Stern= und Granaten=Sakrament. — 13. prof't colloq. pronunciation of profit (from Lat. prosum), = 'good health', said in Germany to a person after he sneezes, or in drinking to him. — 17. macht sich zu schaffen: 'busies herself with'. — 26. Murrkopf: grumbler; Kopf is often used at the end of compounds (chief part for the whole body) conveying reproach, for 'fellow'; cp. blockhead = Dumm=kopf, Schafskopf. — 28. sich alles gefallen lassen: to put up with everything. — 30. nachgerade = nach und nach, endlich.

Page 45.

2. Not Gottes: death agony; 'as if you were at the last gasp'. Gottes is here used, as frequently in compounds, to express something extreme, e. g. gottesarm, extremely poor. — 5. seiner Wege: also seines Weges, adverbial gen., which is very common with Weg: geraden Weges, keineswegs 2c. — 6. d. Herrgott einen guten M. sein lassen: an idiom meaning 'to accept matters as they are', 'take things as they come' (easy). —

11. Dummer Schnack = dummes Zeug, Unsinn, 'stuff and nonsense'; Schnack, a Low German word, means 'tattle'. — 14. Will's da hinaus: 'thats what you're after, driving at'. — 24. Mannsleute, vulgar collective term = males; cp. Frauensleute p. 43. — 24. Karnickel, 'rabbit', the same word as the ordinary deminutive name Kaninchen, both being derived from the Latin caniculus. — 30. Dirne: (serving girl); now vulgar for any female. Frölen dialectic for Fräulein: young lady.

Page 46.

5. in d. Krone gefahren: turned your head; Krone = Kopf. — 9. guten Weg bieten: 'to bid godspeed'. — 13. spürnäsig: 'ferreting', adjective formed from Spürnase: good nose for tracking. — 14. Hauskreuz: domestic cross. — 16. sich abnehmen: to take note. — 14. nun gerade: 'now more then ever'. — 15. schlecht bei dir ankommt: 'such behaviour on his part will meet with a poor reception from you'. — 21. d. Kopf warm machen: 'turn one's head'; usually 'to give one trouble', 'to make one angry'. — 26. aus d. Gröbsten h.: 'help out of the rudest errors, ignorance'. — 27. d. Pferde hintern Pfl. spannen: is also used in the figurative sense of putting the cart before the horse. — 30. kehre ich mich ꝛc.: don't care for him as much as (groß) a pea-shell (cp. note on kehren p. 40, line 3).

Page 47.

1. nur zu is often used with the imperative of verbs, like the English 'away': talk away. — 7. das Wams ausklopfen: dust his jacket for him, give him a good drubbing; Wams lit. 'doublet'. — 12. sich in Zorn redend: working (lit. speaking) himself into a passion. — 13. vorstellen: represent, play the part of. — 15. hat Haare auf den Zähnen: 'has his wits about him': hairiness was looked upon as a sign of perfect manhood, and thus came to be symbolical of cleverness, sharpness. — 16. durchfahren: 'take it all', lit. 'dash through'. — 21. rufen nach Dir: called for you: nach = to fetch you, to make you come. — 24. Pressantes abzumachen: 'pressing, urgent business to transact'. — 28. über d. L. gelaufen: idiomatic = put him out of humour.

Page 48.

7. schon gedient: have already given him his deserts. — 11. könnt es mit H. greifen: it is obvious. — 12. gut sein: 'to

look on with favour, to like'. — 21. 𝔚ut 𝔲. 𝔊alle: 'makes him fret and fume'.

Page 49.

1. 𝔇aran hätte ich ꝛc.: 'I should not gain much by that'; was ℜ. = etwas ℜechts: 'something good', used ironically. — 2. mein' 𝔗age: all my days. Cp. p. 22, 26.

Page 50.

12. 𝔇a geht's ja: Why (ja), this is a lively state of things; zugehen lit. to go on. — 26. sich zur 𝔈hre: reckon it an honour, consider herself honoured. — 28. 𝔊ott befohlen: = abieu; for 𝔖eib 𝔊ott befohlen. — 32. brei 𝔖tunben cp. note on p. 20, l. 21.

Page 51.

7. blöbe: 'dull'; it generally means 'shy', 'bashful'; the original meaning is 'weak' (of eye-sight). — 10. zum 𝔊espött werben: 'become a laughing-stock'. 𝔚erben being a kind of passive of machen (cp. fieri and facere) may take zu after it, like the verbs of making, choosing etc. — 21. bieber: 'worthy, honest'. — 27. 𝔈hrlich währt am längsten: 'Honesty is the best policy', lit. what is honest lasts longest; in proverbs the article is generally omitted (= bas 𝔈hrliche).

Page 52.

8. trägt es sich: dat., for herself. — 11. heißen; cp. note on lernen p. 17, l. 24. — 18. an ber 𝔷eit: 'considers it time'; high time is hohe 𝔷eit. — 20. 𝔄nlagen: talents. — 22. ließe mich zu sc. gehen, which is often omitted after auxiliary verbs.

Page 53.

3. ritterlicher: 'at least their ways at the court of Poland are said to be more polished' etc. — 5. 𝔚elthänbel: 'affairs of the world'. — 6. 𝔉lor: 'galaxy'. lit. flower, bloom. — 17. morgenben 𝔗ages: rather formal for morgen 'to-morrow'; morgenb is a kind of participial adjective from the adv. morgen. — 22. 𝔏anbe is as a rule limited to elevated style or poetry, 𝔏änber being the ordinary plural in prose; but bie 𝔏anbe is frequently used = all

countries, the earth.   The same distinction is made in other words
with two plurals, e. g. Wörter individual words, Worte connected
words. — 29. abrechnen: to settle up.

Page 54.

1. sich eins (also einer): the neuter is used indefinitely, like es,
dies, jedes, manches, alles referring to males and females; in this case
possibly owing to Mensch having formerly been neuter. — 3. guten
T. auch: good day to you: auch is often used by the common
people in greetings and is expressive of cordiality. — 3. anschlagen:
to take effect; 'how he thrives on our bacon and dumplings'.
Kloß, lit. a lump, in cookery means a ball of meat, flour etc.; various
kinds are made in Germany and are a favourite dish. — 8. in Jahr
u. Tag: = at some distant day; originally a legal phrase = a full
year with a respite of a day. — 19. zuwider sein used like z. han=
deln 'to be disobedient; the former generally means 'to be disagreeable
or disgusting to'. — 20. Ja, so: Oh, I see, your mother: Frau,
Herr, and Fräulein are regularly used not only by inferiors talking
to superiors, but among equals in the upper classes, when ac-
quaintances mention each other's relatives, e. g. Ihr Herr Vater,
Ihre Frl. Schwester. — 26. anstehen (intrans.), to be delayed,
put off: 'might be delayed for some time to come' (noch). —
31. bei alledem: for all that: alle generally all, is very commonly
uninflected before the article and pronouns.

Page 55.

7. Wölfe: 'Wolves there are a great lot of'; Wölfe is apposition, the ordinary construction with Menge in colloq. German, not the gen. — 12. Zublinzeln: 'to wink at'; winken means
only 'to beckon'. — 15. süßes W.: 'fresh water'. — 22. bei 300
Stück: bei with numerals = ungefähr: 'as many as three hundred
of them' (ihrer). — 25. da ... an for daran; adverbial compounds ending in prepositions are often thus separated, by a
usage analogous to that which in English transfers a pre-
position governing a relative to the end of the clause: e. g. 'the
man whom I am speaking of'. — 30. Frist: 'respite'. — 32. ver=
passen 'to miss', always = to be too late for.

Page 56.

3. noch immer 'even now'. — 7. von wegen, generally wegen, is the dat. plur. of Weg with von = by way of, on account of. — 8. die: demonstrative, 'they'. — 15. die erste beste: 'the first that comes to hand, occurs'. — 23. steht mir Rede: answer me; the exact sense of the idiom is 'to answer when called to account'.

Page 57.

1. nicht ausgewichen: 'no evasions'! the past participle is often used imperatively, with ellipse of 'es sei'. The present infinitive is often used in the same sense: nicht sprechen! — 4. am Tod: at the point of death. — 5. an der Welt Ende = am Ende der Welt: a noun preceded by its genitive regularly loses its article. — 7. mischen: shuffle. — 13. Ruhig Blut: 'keep cool'; an imperative has to be supplied: ruhig = ruhiges. — 16. auf morgen: for to-morrow. 'For' referring to future time is regularly translated by 'auf': auf einige Tage. — 17. wo nicht = wenn nicht.

Page 58.

5. nur zu: adverbial use, with ellipse of verb like rede (cp. note on p. 47, l. 1) 'go on, go on', here in a sarcastic sense = you may go on as long as you like, but I will have my revenge. — 8. ist alles recht 2c.: 'you are welcome to it all'. — 15. sich prellen: 'will be taken in'. — 15. nach: to taste or smell 'of' is always nach. — 19. ist d. L. rein: is the coast clear? — 22. von der Seele: 'off my mind'. — 27. erst recht: more than ever. — 28. Spottschlecht: in this compound as in spottbillig, spott has the sense of 'ridiculously'.

Page 59.

5. Erzfeind: 'arch-fiend'. — 13. liegt's schon: 'runs in the very blood'. — 16. sachte the Low German form of sanft: 'softly, not too fast'. — 18. blutswenig, generally blutwenig: in this word and in blutarm, Blut = extremely. — 28. Kopf u. Herz: 'head and heart are full of it to bursting'. — 30. mündig: 'I too declare you of age'. This word is derived from the Old German 'munt', protection, hand (connected with Lat. manus), which we have in Mündel 'ward', Vormund 'guardian', and in the proverb 'Morgenstunde hat Gold im Munde'.

8*

Page 60.

2. **der da oben**: 'He above will provide'. — 4. **Kuckuck**: one of the numerous euphemisms for the devil. — 4. **ficht Euch an**: 'is the matter with you, disturbs you'. — 8. **bringt's bei M. an**: 'you had best express your thanks to mother': **anbringen** to adress to; to express seasonably, appropriately. — 10. **wo der Pfeffer wächst**: is the idiomatic equivalent of our 'Jericho'. — 11. **Eine**: emphatic, hence capital initial: 'succeeds in turning a single one out well, then the result is in accordance, of a piece, with it, then she is worth a hundred times more than the best man'. — 25. **aufgeſeſſen**: 'mount', past part. used imperatively, regular word of command. — 26. **austraben**: trot fast; for this sense of 'aus' cp. Engl. to step out.

Page 61.

1. **Gnaden** for **Eure Gnaden**. — 8. **Anhalt**: hold, vantage-ground. — 8. **Unweſen**: 'put a stop to the nuisance'. — 17. **elend**, 'miserable'. Old German elilendi, living in another country (**Ausland**), then exiled, eli- = Lat. alius, also in Engl. else, and in 'Alsatia', Med. Lat. Alsatia from old Ger. Elisâzzô 'living (**der Saſſe**) in a foreign country'. — 29. **verſchmachtet**: 'pined away year after year'. — 31. **Wundbett**: the bed on which he lay wounded.

Page 62.

4. **Denkt**: 'in the meantime think out the future for me. My head is wearied with turning my thoughts back': **läbt** for **labet**, like **rät** for **ratet**. The cause of the **Umlaut** in the 2nd and 3rd sing. pres. ind. is that the terminations of these persons in Old German were -is, -it. — 11. **großjährig** = **mündig** 'of age'. — 14. **Gewappneten** = **Bewaffneten**, from **Wappen**, which is the Low German form of High German **Waffe**, and is now used only in the sense of coat of arms. — 24. **die . . . danken muß**: the relative cannot be used with the 1st or 2nd person unless the personal pron. is repeated with it.

Page 63.

1. **'um'** is regularly used with **verdienen** = 'to deserve of'. — 3. **daß Du recht haben mußt**: = I must admit that you are in the right. — 4. **Kehrſeite**: reverse. — 6. **Ritterſchaft**: the nobi-

lity and the diet; Sanbtag provincial diet, Reichstag imperial diet. — 14. hoch! is the German equivalent of 'hurrah'! elliptical for es lebe hoch!; breimal hoch! = 'three cheers for'. — 21. Biel= leicht baß: = viel (sehr) leicht meaning möglich, thus = ist es möglich or leicht möglich, baß. Cp. Bielleicht, baß ich morgen komme, or vielleicht komme ich morgen. — 24. handelt ihr so: in so doing. — 25. aufgehoben: remain in keeping for. — 27. Greif: griffin; cp. 'the British lion'; 'the Prussian eagle', etc.

Page 64.

6. vor breien Tagen: = some 3 days ago. zwei and brei are not generally inflected when used before a noun and the case is otherwise clear. — verschieben 'deceased' from verscheiben. — 14. H. Borden auf G.: other prepositions besides von (zu, auf, in) are used with names to designate nobility; auf G. = auf bem Gute G. 'Cumpane: boon companions. — 15. Euch: eth. dat. — 16. ersoffene: drowned, be= soffen is 'drunk', versoffen, 'habitually drunk'. — 17. aus fr. Hand: 'to snuff the candle with unsupported hand'; note that 'Licht' is the colloq. word for candle: not Kerze. — 21. Katzenjammer: popular expression, taken from students' slang, meaning 'hot coppers', the effect of a carouse on the previous night. — 22. Linbwurm: dragon, is a tautological compound, the second part merely explaining the first. — 27. Pfiffe u. Kniffe: one of the many rhyming idioms (the last remnants of alliterative rhymes) in German, which are more or less tautological: 'tricks and intrigues'.

Page 65.

2. mein Lebtag = meinen L. — 6. klipp und klar: 'perfectly clear'. The ordinary from is Klapp, originally an interjection from Klappen to clap the hands. — 10. spitz = spitzfinbig 'subtle'. — Recht aufs Regiment: right to rule.

Page 66.

6. Zeitläufte or läufe: conjunctures. — 6. voller is often used predicatively for voll before nouns without the article, for all genders and numbers. — 7. es barauf ank. lassen: to leave it doubtful, to run the risk. — 18. zu Gast is commonly used as an apposition both in the sense of nom. and acc. for als Gast. — 26. verlorene Sohn: the prodigal son.

Page 67.

5. **geben was auf**: 'attach some value to'. — 15. **heikel**: 'delicate, critical, ticklish', more usually **häkelig**. — 28. **übers Ohr zu hauen**: 'to deal a blow to', then 'to cheat'. — **Kerls** colloq. plur. for **Kerle**. — 30. **Malvasier**: malmsey. — 31. **Rehziemer**: haunch of venison. — 32. **mit Speck**: proverb, lit. mice are caught with bacon = who uses the right means will attain his object.

Page 68.

1. **vor d. Katze rc. kommen**: will fall a prey to the cat, if foolish enough to nibble at it. — 2. **Schock**: three score. — 4. **Kröte**: 'why, I had rather leap into the very jaws of St. George's dragon, than that this M., this toad'. — 7. **Leibhaftige** scil. **Teufel**: frequently used by itself, 'the devil himself', lit. 'the incarnate one'. — 14. **im Stehen**: standing. — 16. **Gestell**: 'his shaky understanding', lit. the stand on which anything rests. — 17. **Oxhoft**: 'hogshead', which is the same word transformed by popular etymology, and which originally meant 'Oxhead', Dutch okshooft (**Ochsenhaupt**). — 19. **auf morgen lassen**: leave it till tomorrow. — 26. **Himmeldonnerwetter** more emphatic than the ordinary '**Donnerwetter**'. — 30. **ausgegessen**: need not be drunk so hot as he wants to brew it for us: adaption of the proverb: **was man eingebrockt hat, muß man auch ausessen**.

Page 69.

3. **flau**: sick and faint at the news. — 3. **auf**: upon = immediately after. — 7. **versteht sich**: 'of course, round the corner, you know (**so**), as it would go down best with each; and he was as smooth as oil about you'. — 15. **will sagen**: I mean. — 26. **Bau** is used of the lairs of animals, that are more or less artificially made: 'join the fox in his hole'.

Page 70.

1. **Hundsfott** a very vulgar and strong term of abuse: 'dastard, cowardly rascal'. — 14. **vom Leder z.**: 'to draw'; **Leder** = scabbard. — 15. **kalt Eisen**: dig cold iron i. e. spurs into your horse's flanks. — 15. **hast Du nicht gesehen**: a phrase often used to express speed, here = 'off you go'. — 16. **Schecke**: piebald;

Zornebock: the horse's name. — 17. Stückkugel: cannon-ball.; in die Wette: generally um die Wette. — 23. handfest for handfestes: Hans Lange frequently uses the uninflected adjective; this is in modern German ony admissible in poetry; in prose it produces an archaic effect, as in Old German adj. were often uninflected before nouns as well as in the predicate. — 25. Flemmingen inflected dat. Proper names used to be regularly declined weak, they are rarely so now. Names like Otto, Bruno, still retain the original vowel (now otherwise e) of the nom. sing. of the weak declension. — 25. nicht grün: colloq. = nicht gewogen: bears me no good-will. — 27. brennt: is itching. — 30. Kober: pannier.

Page 71.

2. sitzen l.: to leave in the lurch. — 5. auf den Tod = am Tod. — 8. selig: 'dear dead'; = in heaven. It may often be translated by 'the late' 'the lamented'. The adjective can now very rarely, except in poetry, he placed after the noun, though it has become fixed in this position in a few cases; e. g. ein Thaler preußisch. — 22. hat's eilig = hat Eile: 'is in a hurry'. — 28. Kiek in d. W. or Kuck in d. Welt is a term used to designate a very young and inexperienced person, 'a mere chicken'. Kieken or Kucken (commonly gucken) 'to peep'.

Page 72.

9. Bescherung: there we have it! Bescherung 'gift', colloq. = 'business'. — 12. Strich: on his track. — 21. hergesprengt: made you come here post haste; sprengen is the causal of springen. — 26. Krug: ale-house. — 30. Boden: loft.

Page 73.

7. Umschweife: digressions. — 9. Schlag: 'he will get a stroke, a fit'. gutwillig: willingly, voluntarily. — 10. schlecht bekommen: be the worse for us, some day later. — 28. ob = ob auch = obgleich. — 30. Hühnerstiege = Hühnerleiter: 'henroost'.

Page 74.

11. Weg verrennen: cut off your retreat. — 13. Klepper, 'hack', a Low Germ. word. — 21. Mummenschanz: 'masquerad-

ing'. — 22. **drauf u. drein** scil. **schlagen.** — 23. **zu Schanden**
— within an inch of one's life. — 25. **unterweg = darunterweg**
under and through.

Page 75.

6. **düster** colloq. for **düster.** — 6. **mauscheln:** 'make up some
of your Jewish jargon', lit. to speak or act like a vulgar Jew,
from **Mauschel,** which is formed from **Mausche, Mosche,** the Jewish pronunciation of **Moses.** — 8. **mit langer Nase** = Engl. with
a long face. — 13. **trappen** 'to clatter'. — 27. **Hauptmann:** captain (of infantry). **Rittmeister** is a captain of cavalry, and **Capi-**
tän a sea-captain.

Page 76.

7. **Beest, Biest,** vulgar form of **Bestie** (fr. Lat. bestia). —
7. **versessen:** mad after these beasts. — 9. **was Du sagst:** you
don't mean to say so! — 13. **Armbrust:** crossbow, formed by
popular etymology from med. Lat. arcubulista. — 13. **gerissen**
sc. **habend:** 'tearing'. — 14. **der Tausendsakermenter,** appellative
formed from **Tausendsakerment.** — 20. **ausbündiger:** out and out
rogue of a scoundrel. — 30. **mit allen Hunden gehetzt:** a proverbial phrase meaning 'cunning, knowing'; originally said of a
fox which has always escaped the dogs.

Page 77.

2. **Die alte Lise:** old Lizzy. — 4. **helllichtem = hellem:** in
broad daylight. — 11. **Kisten u. Kasten:** chests and boxes. —
13. **Tischkasten** tabledrawer. **Salzfaß:** salt-box; it also means salt-
cellar. **ja:** 'be sure to'. — 17. **da soll vor = davor soll mich.** —
18. **kommt mir vor:** appears to me. — 25. **auf die Nase binden**
= **aufbinden** to impose on, hoax. (= ask me no questions and I'll
tell you no lies). — 31. **Immer zu:** go it!

Page 78.

10. **Auf Schusters Rappen:** on the cobbler's horse i. e. on
foot. **Rappe** means a black horse, from Middle High German
rappe 'raven', a by-form of 'rabe'. — 12. **Lamprete:** lamprey. —
12. **auffahren f.:** lit. 'to have driven up': to express quantity. —
15. **Silberlinge:** the word in Luther's translation of the Bible =

30 pieces of silver. — 21. Flaufen machen to practise shifts, evasions. — 27. Bescheib: 'you know all about it'. The primary meaning is 'answer, decision', the secondary 'knowledge', as here. — 29. Waife: note that this word is feminine, even when used of males (though the masculine does occur).

Page 79.

6. Heidenlärm in this word and in Heidengeld, Heiden is used to express excessive amount. — 22. foftet fie: foften may take dat. or acc. indifferently, of person; originally it took only the dative, as it is derived from Lat. constare.

Page 80.

20. mucfen: to utter a low inarticulate sound with the mouth closed, from 'Mucf' a sound of this kind; 'dare not utter a sound'. — 22. und gleich ausgewachfene: 'and grown up ones too'. — 24. Die Maufef.: die is emphatic, = that. — 26. d. Specf aus dem R.; 'let the best part of the dish be taken from him by': Specf bacon.

Page 81.

1. einträufen: 'make him pay for it'. — 6. ehbevor cannot be used in prose, but only ehe or bevor alone. — 8. an dem: is it not so? — 10. Neidhammel: envious donkey. Hammel sheep, which, rather than the ass, is the type of stupidity among animals in German. — 22. verschreiben: assign, lit. to assure in writing. — 23. ich pfiffe euch was: 'I would snap my fingers at you'. — 24. anschmieren: 'impose on, cheat', from writing down one's score (in chalk) instead of paying. — 30. mit Gutem oder B.: by fair means or foul. — 31. geftecft: 'a little bird has whispered it to me'.

Page 82.

4. zwinfern = zwinfen, zwinfeln: 'to wink'. — 9. auffitzen = aufgefeffen, cp. note on p. 57, l. 1. and 60, l. 25. — 14. in Abrede ftellen: to deny. — 30. verloren: see note on ausgewichen p. 57, l. 1.

Page 83.

2. **Lügenbeutel:** arrant liar; lit. 'bag of lies'. — 9. **Gottsei⸗beiuns:** another euphemistic name of the devil. — 10. **wo dir =** wenn dir. — 25. **keine Kunst:** 'any one could do that now'!

Page 84.

9. **zu Kreuze kriechen:** 'humiliate yourself'! lit. to crawl to the cross, an old ecclesiastical penance. — 9. **Schwerenot!** Heaven preserve us! — 20. **immer aufspannen:** 'lose no time in'. — 24. **hernacher = hernach.** — 31. **meiner Seel':** on my soul!

Page 85.

2. **so den geschlagenen Tag:** 'the whole blessed day'; ge⸗schlagen = measured by the stokes of the clock, i. e. full, complete. — 11. **hin hat er gewollt:** but he wanted (to go) there. — 15. **wetterten:** stormed and cursed like fury (lit. murder). — 17. **lotweis:** 'by the dozen'. — 20. **ums Haar:** by a hair's breadth = all but. — 27. **gut bei Wege:** 'well'. — 32. **angegeben:** 'been up to'.

Page 86.

13. **machen:** often substituted for other verbs; here = **drehen:** to the left about and after him like lightning. — 20. **auf die Mast legen:** fatten you up here. — 23. **Stargarder:** these words in er from names of towns are not adjectives, but old genitives plur. of the name of the inhabitants: hence they are uninflected and written with a capital initial. **Stargard** is the name of several towns in Pomerania and East Prussia: it is Slavonic, meaning 'old town'; gard = Russian gorod. — 25. **Jochem = Joachim.** 26. **aufsässig = aufsätzig:** hostile. — 27. **labt:** is refreshing.

Page 87.

6. **schmiert;** go on wetting your whistle. — 8. **bei Troste** in your senses. — 10. **drauf los:** 'as hard as you can'. — 11. **Stün⸗dekens:** vulgar for **Stündchen.** — 15. **rädern:** break on the wheel. — 21. **hälst = hältst.** — 26. **Meisterstochter:** the daughter of

his principal. Schneidermeister master-tailor, and Schneidergeselle journeyman tailor. — 32. d. Schwarze: coarse but graphic (the dirt under your nails), to express the intensity of his grudge.

Page 88.

11. Bange: unusual for Angst: the ordinary expression is; 'braucht nicht bange zu sein', — dazumal = damals. — 17. 'runter= würgen: swallow it; lit. choke it down. — 20. denn = dann 'then'. — 23. woran man wäre: 'what one was about'. — 27. auf d. fahlen Pferd ertappen: to catch in an act of roguery. — 29. d. Hölle h. machen: puts me in a regular stew (for fear). — 30. Mord= = arch-, arrant. — 32. über den Löffel balbieren 'to cheat': the expression arose from the practice of village barbers (till the beginning of this century) of—smoothing the wrinkled cheeks of the peasants by putting a spoon inside their mouths; then it came to mean, to treat as a peasant, finally 'to cheat'.

Page 89.

3. Blitzdirne: confounded minx, mit dahinter: has a hand in this trick of yours. — 15. welche colloquial for einige. — 21. tot= schlagen: 'I will take my dying oath on it'. — 23. Dazu kann Rat werden: ironical: 'you can easily be assisted in that' i. e. by the executioner, the man in the red cloak. — 24. zu bunt: matters are really going too far; bunt lit. particoloured, then 'extravagant'. — 29. Deubel: 'Low Germ. = Teufel. — 30. flennen: make a wry face in weeping.

Page 90.

9. durch d. Finger ges. 'have been conniving'. — 16. vor d. Kl. forb. to challenge (to a duel with swords). Klinge: blade. — 24. komme um: 'lose, forfeit my post'.

Page 91.

1. daß ich nicht w.: 'not that I know of'. — 4. aufbieten: to call out, summon'. — 14. zum Schl.: for the worse. — 26. Recht = justice. — 29. wollen thäte: colloquial paraphrase for wollte.

Page 92.

3. **bei biefen Kl.**: at, on hearing, these sounds. — 12. **furau=zen**: chastise: popular expression probably derived from med. Lat. carentia: penance with fasting. — 19. **Dachfirft**: ridge of the roof. — 20. **Muttern**: colloq. dat. according to the weak declension to show the case. — 21. **in fich gehen**: to examine herself a little. — 25. **Tückebold**: malicious fellow. — 31. **durchlauchtig** is an adjective formed from **durchlaucht** 'transparent', = most serene, which is an old past part. of **durchleuchten**, Lat. illustris.

Page 93.

10. **na denn**: 'very well then': implies consent. — 24. **Morgen=ftern** a kind of halberd or club with spikes on it. — 30. **aufs Leber fteigen** 'to set upon' cf. **aufs Dach fteigen**. **Leber** = hide. — 31. **zufetzen**: to press upon.

Page 94.

1. **das freie Feld**: 'open country'. — 2. **obenauf ift**: has the best of it. — 3. **fperrangelweit**: threw the gates wide open: a forcible expression = thrown open (**fperren**) as wide (**weit**) as the hinges (**angel**) will admit of. — 12. **kommt doch mit**: 'surely you are coming with us'. — 17. **angeftiefelt**: marching up: a graphic word. — 25. **damit gut**: there's an end of it.

Page 95.

18. **zu toll**: 'a little too strong'. — 23. **in d. Kr. gefahren**: 'has the dignity of duke turned your head'. — 28. **ausgevatert**: 'no more fathering'. — 29. **leiblichen**: reared a son of my own.

Page 96.

8. **wie auf einen Z.**: 'as if by magic', lit. as on the stroke of (a) magic (wand). — 10. **Umritt**: procession on horseback. — 17. **mit feiner Mutter umgeht**: behaves to his mother. — 20. **hier drinnen fitzt was**: 'there is something here' (pointing to his breast) 'which would cry louder than all' etc.

Page 97.

11. 𝔇𝔢𝔫𝔨𝔷𝔢𝔱𝔱𝔢𝔩: 'remembrance'. — 30. 𝔞𝔩𝔩 𝔢𝔦𝔫𝔰 = 𝔞𝔩𝔩𝔢𝔰 𝔢𝔦𝔫𝔰: 'all one to me'.

Page 98.

2. 𝔞𝔲𝔣 𝔡𝔞𝔰𝔰: archaic for: 𝔡𝔞𝔰𝔰, 𝔡𝔞𝔪𝔦𝔱. — 6. 𝔷𝔲 𝔫𝔢𝔥𝔪𝔢𝔫: 'to humour him'. — 7. 𝔲𝔪𝔰𝔭𝔯𝔦𝔫𝔤𝔢𝔫 = 𝔲𝔪𝔤𝔢𝔥𝔢𝔫 𝔪𝔦𝔱: 'to behave towards'. — 9. 𝔑ü𝔠𝔨𝔢𝔫: obstinate whims. — 18. 𝔳𝔢𝔯𝔰𝔱𝔬𝔠𝔨𝔱: harden. — 31. 𝔖𝔠𝔥𝔴𝔢𝔯𝔱𝔥𝔦𝔢𝔟: can a stroke of the sword silence truth?

Page 99.

6. 𝔳𝔢𝔯𝔤𝔞𝔫𝔤𝔢𝔫: 'acted very wrongly by you'.

Page 100.

17. 𝔷𝔦𝔢𝔩 𝔣𝔦𝔫𝔡𝔢: 'end my days'. — 22. 𝔳𝔢𝔯𝔤ü𝔱𝔢𝔱: 'makes up for so much bitterness'. — 30. 𝔤ö𝔫𝔫𝔢𝔫: not grudge to me as a man ... for which as a boy I longed.

Page 101.

3. 𝔫𝔦𝔠𝔥𝔱 𝔞𝔩𝔰𝔬: 'not so'. — 9. 𝔍 𝔡𝔢𝔪 ꝛ𝔠.: well, how could any one be angry with him, I wonder.

G. Pätz'sche Buchdr. (Otto Hauthal) in Naumburg a. S.

WHITTAKER'S SERIES

OF

MODERN GERMAN AUTHORS.

WITH INTRODUCTION AND NOTES.

EDITED BY

F. LANGE, Ph.D.,
Professor, Royal Military Academy, Woolwich;

IN CO-OPERATION WITH

F. STORR, B.A.,
Chief Master of Modern Subjects in Merchant Taylors' School;

A. A. MACDONELL, M.A., Ph.D.,
Taylorian Teacher, University of Oxford.

THE attention of the heads of Colleges and Schools is respectfully directed to this new Series of "MODERN GERMAN AUTHORS" which is intended to supply the much-felt want of suitable Reading Books for English Students of German who have passed through the preliminary stages of fables and anecdotes.

To those who wish to extend their linguistic and grammatical knowledge, these volumes will afford, in one respect, a great advantage over those of an earlier period, presenting, as they do, the compositions of the best living, or only recently deceased authors. The Notes, besides etymological and other explanations, will contain many useful idiomatic expressions suggested by the text, and worth committing to memory.

FROM THE PRESS.

"The publication of such works as these—modern, short, interesting, and complete—will be a real help to teachers."—*Educational Times*, December, 1885.

"We welcome this New Series of Modern German Classics. The notes are sensible, and give just the right amount of help."—*Journal of Education.*

"We hope this series may meet with such appreciation as to encourage the editors in the good work they have undertaken. The notes in lucidity and. intelligence are very much above the average."—*Saturday Review.*

"A capital Series."—*The Literary World.*

LONDON:

D. NUTT, 270, STRAND, W.C.

The following have now appeared :—

Fcap. 8vo, cloth.

MEISTER MARTIN, der Küfner. Erzählung von
E. T. A. HOFFMAN. Edited by F. LANGE, Ph.D., Professor, Royal Military Academy, Woolwich. Price 1s. 6d.

"An exceedingly well-written story of burgher life in the sixteenth century. Besides the interest of the plot, the pure and simple style and the faithful picture of middle-class mediæval life make the story admirably suited for use as an advanced reading book."—*Saturday Review.*

HANS LANGE. Schauspiel von PAUL HEYSE.
Edited by A. A. MACDONELL, M.A., Ph.D., Taylorian Teacher, University, Oxford. *Authorized Edition.* Price 2s.

"'Hans Lange' is an historical drama. It is a spirited piece, with plenty of action and humour. The characters are well sustained, and the dramatic form is very well adapted for familiarizing the students with colloquial German."
Saturday Review.

AUF WACHE. Novelle von B. AUERBACH.—
DER GEFRORENE KUSS. Novelle von O. RO-QUETTE. Edited by A. A. MACDONELL, M.A. *Authorized Edition.* Price 2s.

Two novelettes of great literary merit. They are very successful pictures of various phases of German social life.

DER BIBLIOTHEKAR. Lustspiel von G. von
MOSER. Edited by F. LANGE, Ph.D. *Authorized Edition.* Price 2s.

"Moser's play, better known to English readers as 'The Private Secretary,' gives excellent practice in idiomatic modern German. Dr. Lange has made a happy choice in this last addition to his admirable Series."
Journal of Education.

EINE FRAGE. Idyll von GEORGE EBERS.
Edited by F. STORR, B.A., Chief Master of Modern Subjects in Merchant Taylors' School. *Authorized Edition.* 2s.
Just published.

DIE JOURNALISTEN. Lustspiel von GUS-
TAV FREYTAG. Edited by Professor F. LANGE, Ph.D. *Authorized Edition.* 2s. 6d. *Just published.*

IN PREPARATION.

ZOPF UND SCHWERT. Lustspiel von KARL
GUTZKOW. Edited by Professor F. LANGE, Ph.D. *Authorized Edition.*

HUMORESKEN. Novelletten der besten deut-
schen Humoristen der Gegenwart. Edited by A. A. MAC-DONELL, M.A. Oxon. *Authorized Edition.*

ꜰoreign Classics, with English Notes.

Edited by DR. A. BUCHHEIM, C. J. DELILLE,
F. GASC, and others.

- Fcap. 8vo, cloth.

GERMAN BALLADS. From Uhland, Goethe,
and Schiller. With Introductions to each Poem, copious
Explanatory Notes, and Biographical Notices. By C. Bielefeld.
1s. 6d.

GOETHE'S HERMANN AND DOROTHEA.
With Short Introduction, Argument, and Notes Critical and
Explanatory By Ernest Bell and E. Wölfel. 1s. 6d.

SCHILLER'S MAID OF ORLEANS. With Introduction and Notes. By Dr. Wagner. 1s. 6d.

—— MARIA STUART. With Introduction and
Notes. By V. Kastner, M.A. 1s. 6d.

—— WALLENSTEIN. Complete Text. *New edition.*
With Notes, Arguments, and an Historical and Critical In-
troduction. By Dr. A. Buchheim. 5s. Or separately—
Part I.—THE LAGER AND DIE PICCOLOMINI. 2s. 6d.
Part II.—WALLENSTEIN'S TOD. 2s. 6d.

AVENTURES DE TELEMAQUE. Par Féné-
lon. *New edition.* Edited and revised by C. J. Delille. 2s. 6d.

HISTOIRE DE CHARLES XII. Par Voltaire.
New edition. Edited and revised by L. Direy. 1s. 6d.

PICCIOLA. By X. B. Saintine. *New edition.* Edited
and revised by Dr. Dubuc. 1s. 6d.

SELECT FABLES OF LA FONTAINE. *New
edition.* Edited by F. Gasc, M.A. 1s. 6d.

Now published, 8vo, cloth, each part 10d.

SHAKESPEARE'S PLAYS. With Text and
Introduction in English and German, and edited by Charles
Sachs, Professor, Ph.D.

1. Julius Cæsar.	5. Othello.
2. Romeo and Juliet.	6. Hamlet.
3. King Henry VIII.	7. A Midsummer Night's Dream.
4. King Lear.	8. Macbeth.

The original and the German Translation are printed on opposite
pages. The German Text is copied from the well-known Translation of Schlegel and Tieck, revised by Bernays.
Other Plays to follow.

WHITTAKER'S
FRENCH SERIES.

FOR THE USE OF SCHOOLS AND
PRIVATE STUDENTS.

EDITED BY

A. BARRÈRE,

*Officier d'Académie; Professor, Royal Military Academy, Woolwich; The
Department of Artillery Studies; Examiner to the War Office.*

AND OTHERS.

Under the above title, Messrs. Whittaker and Co. propose to
publish reprints of select works by the best French authors at a
price which will place them within the reach of everyone. No
trouble will be spared to render this Series as useful as possible, for
which purpose the services of well-known professors have been re-
tained. Due regard will be paid in the selection of the subjects to
the requirements both of beginners and of advanced students, and
more especially to those of the *Candidates for the various Local
Examinations.* Each number with a literary Introduction and
Arguments in English, foot-notes explaining the more difficult
passages, and translations of the idiomatic expressions into the cor-
responding English idioms. Sm. fcap. 8vo, cloth, each number, 9d.

Now ready—

1. SCRIBE. LE VERRE D'EAU. Barrère.
2. MOLIERE. LE BOURGEOIS GENTILHOMME. Gasc.
3. MOLIERE. L'AVARE. Gasc.
4. SOUVESTRE. SOUS LA TONNELLE. Desage.
5. MOLIERE. LE MISANTHROPE. Gasc.
6. LAMARTINE. JOANNE D'ARC. Barrère.

Others to follow.

LONDON:

D. NUTT, 270, STRAND, W.C.